朝鮮大学校物語

ヤン ヨンヒ

角川文庫
23218

目次

プロローグ　5
第一章　一九八三年、一年生の春　9
第二章　一九八四年、二年生の夏　81
第三章　一九八五年、三年生の秋　149
第四章　一九八七年、四年生の冬　223
エピローグ　241
解説　岸政彦　248

プロローグ

下北沢《しもきたざわ》から茶沢《ちゃざわ》通りを歩いてきたパク・ミヨンは、住宅街に響きわたる「夕焼け小焼け」のメロディに空を見上げる。

五時、か……。

昼間の日差しは春を感じさせたのに、日が落ちると真冬の寒波のような風が吹く。三軒茶屋《さんげんぢゃや》太子堂《たいしどう》あたりに差し掛かったミヨンは、狭い路地に入り、小さなビルの二階にあるバーに駆け込んだ。

マスターの笑顔に迎えられ、カウンター奥の窓際に座る。

元気を出せ、飯を食え！　という座右の銘を呟《つぶや》きながら、黒板に書かれたフードメニューを見つめる。

「食欲戻ったんですね。書いてらした時期は顔色悪くて心配しましたよ」

「執筆中はお世話になりました。マスターが夜中のお喋《しゃべ》りに付き合ってくれたお陰で台本も完成。海外からの役者たちも全員揃ったし、明日から稽古《けいこ》開始」

「いよいよですね。公演は来月末でしたよね、楽しみです」

「そう。私の手を離れた脚本は、演出家と役者陣が噛《か》み砕いて消化して、そのうちウンチになっちゃう筈《はず》。はは」

三年アイディアを温め、一年を費やして書き上げた戯曲を、ウンチになっちゃう、と突き放した自分に驚いた。やっとここまで来た、と小さく実感する。

「まずはマスターの搾りたてフルーツカクテルを頂いてと。サラダとパスタはお任せで」

大きく頷《うなず》いた店主が果物を選び、皮を剥《む》き始める。ミキサーで砕いたキウイとオレンジが丁寧に裏ごしされるのを眺めていると、身を削るように紡ぎ出したセリフが頭の中で飛び跳ねた。演出家と俳優陣に託した言葉たちが舞台の上でどう昇華されるのだろう。嫁がせた我が子の行く末を案じる母の心境だな、と思いつつ、感傷的になっている自分が小っ恥ずかしい。

明日からの稽古。五つの居住国から集まる十人の俳優たちをキャスティングした責任もあり、通訳兼雑用係として忙殺されるだろう。カクテルの酔いもまわり、一人決起集会のような気分だ。

奥のテーブル席から若い女の子たちのはしゃぎ声が聞こえる。

「ヨーロッパ？　オーストラリアにする？　アルバイト気合い入るなー。タイとかベトナムもいいかも。卒論も出してないのに旅行のことばっかだね、私たち……」

卒業旅行について相談する女子大生たちのようだ。

「海外かあ。平成の大学生って感じね」

「羨《うらや》ましい限りです。パクさんも卒業旅行とか行かれました？」

「え？　なんか、昔過ぎて。卒業旅行ねえ」

首を縦にも横にも振れないミヨンは、店主におかわりを注文した。

私の大学生活なんて泥酔しなきゃ話せないわよ、と言いかけたが止める。

店主は新鮮なイチゴをミキサーにかけ、布で漉《こ》し、シルバーのシェイカーに移す。ラズベリーのリキュールとウオッカを入れて激しくシェイクすると、ミルキーなエンジ色のカクテルが出来上がった。ミヨンは、シャンパングラスに注がれたカクテルをゴクっと飲んだ。爽《さわ》やかな甘さと溶け合ったアルコールが、体の奥の緊張をほぐす。

テーブル席の女子大生たちが店主を呼ぶ。失礼します、と外した店主の後ろ姿の先で、笑い声が弾んでいる。学生時代、自分もあんなに甲高い声で笑っていたのだろうか。

三十年も、前？　そっか……。

不意に年齢を自覚させられた。強烈な記憶が蘇《よみがえ》りそうな予感に、少し身構える。大学時代の思い出が断片的にフラッシュバックし、記憶のアルバムが一ページずつ紐解《ひもと》かれ始める。今夜は思い出に浸る勇気があった。

第一章　一九八三年、一年生の春

「来る場所、間違ったかな」

打ち消しても甦《よみがえ》る心の中の声。重い石を抱えたような気分のせいか、自分が前屈《まえかが》みに歩いているとわかっていても背筋を伸ばせない。大講堂での入学式の後、教室で行われた学部別始業式で配布された分厚い本を胸の前で抱えると、ますます猫背になるのがわかる。

「チマ・チョゴリ着てる時は猫背になりやすいんやから。背筋伸ばして、気つけなあかんで」

母の口癖を思い出し、腹筋に力を入れて空を見上げ深呼吸をする。普段から娘の立ち居振る舞いに注文の多い母だった。

「歩道を示してはる白い線の上歩いたら、がに股《また》や内股になれへんでしょ。ちゃんと胸張って、まっすぐ歩きなさい」

娘をファッション・モデルにでも育てるつもりかいな。

これまでは母の言葉を鬱陶《うっとう》しく思っていたが、今日はそんな母の言葉さえも恋しい。それほどミヨンは心細かった。

胸に抱えた分厚い三冊の本の表紙に視線を落とす。

『金日成《キム・イルソン》著作選集Ⅰ』

『親愛なる指導者　金正日《キム・ジョンイル》同志の主体的文学芸術論について』

『主体《チュチェ》芸術論』

親父と息子の両方？　勘弁してえな……。

心の中の声が叫んだが、その言葉を吐き出せる場所ではない。大きくため息をつくと、また猫背になった。タイトルを見ただけで読む気が失《う》せる。本棚に飾るだけでも嫌なのに、今夜から自習時間の必読書に指定されていた。

胸に赤いリボンフラワーをつけた他の新入生たちと一緒に大学の中庭に出たミョンは、入学式に大阪から家族を呼ばなくて良かったと改めて思う。誰からも「頑張れよ」なんて言われたくない心境だ。

「今日の行事は終わったし、解散しても大丈夫かな。寮の部屋に行ってもいいんだよね」

同じ学部でルームメイトの新入生に朝鮮語で訊《き》く。

「うん、夕飯までは何もない筈《はず》だから暫《しばら》く自由時間だと思うよ」

おデコを見せて髪を引っ詰めた彼女の朝鮮語は大阪弁訛《なま》りではない。歩きながら手首を回し長く伸びた指先を動かしている仕草を見ると、朝鮮舞踊の名手に違いない。

ミヨンに笑顔を見せ他の新入生たちの輪に戻って行く彼女を「ダンサー」と名付ける。

新入生たちは少し高揚した表情で、出身地訛りの日本語と、出身地の日本語訛りの朝鮮語が混ざった言葉で家族や友人たちと話し合っている。高校まで大阪弁訛りの朝鮮語で過ごしていたミヨンにとって、日本各地の方言に染まった様々な朝鮮語が飛び交っている光景は驚きだ。まるで在日朝鮮語の方言地図を見ているようだ。

ホンマに全国の朝鮮高校から集まってるんや。凄《すご》い！

韓国の言葉とも北朝鮮の言葉とも違う、日本語訛りの朝鮮語のバリエーションが可笑《おか》しい。大学の敷地内にある女子寮へと向かう。

民族衣装であるチマ・チョゴリの制服を着た女子の中でも、身長一六八センチのミヨンは少し目立つ。母が新調してくれた制服のデザインが他の女子たちと少し違う。黒色の制服が殆《ほとん》どの中、ミヨンは明るい紺色を着ている。皆が足首まで長いチマ（スカート）を着ている中、ミヨンの花紺のチマは膝下《ひざした》ギリギリと短く、ふくらはぎが見える。ポニーテールに結った巻き髪を揺らして歩くたび、しっかりプレスされたスカートの幅広プリーツも揺れる。引き締まった足首で三つに折ったピンクのソックスは、ピカピカに光ったREGALの黒ローファーを引き立てている。大阪独特、と言われる制服ファッションは、自己主張の強い人間としてミヨンを印象づけた。

「ミヨンさん、入学早々暗い顔ですね」

後ろから声をかけてきたのは大阪朝鮮高級学校で同級生だったリ・テス、別名アインシュタインだ。理数系の天才と言われてのニックネームで、ミヨンは彼を「博士」と呼んでいる。クラスメイトが机にマンガの落書きをしていた高校時代、博士だけは因数分解や方程式を落書きしていた。数学、物理、化学に強い博士は国語と英語が大の苦手で、その分野のノートはミヨンが貸してあげていた。いつも一緒に試験勉強をした仲間だ。

「博士、また日本語使ってる！　聞こえたら叱られるんやで」

ミヨンは博士の耳元に口を近付け声をひそめて大阪弁で囁《ささや》く。

「僕、朝鮮語は苦手なんです。よく知ってるじゃないですか」

学ラン姿の博士が笑顔で返す。

「使えへんから上手《うま》くなれへんねん。そやろ？」

ミヨンが言うと、博士は笑いながら頷《うなず》く。

「着替えて、外に珈琲《コーヒー》でも飲みに行きませんか？」

ミヨンの耳元で博士が囁く。

「外出禁止ちゃうのん？」

驚くミヨンに博士は得意げに言う。

「放課後の〝運動外出〟は毎日夕方六時までOK。ジャージにジョギングシューズなら問題ないらしいですよ」

「門限が六時ってこと？　幼稚園児もビックリやわ」

「僕たち、エライとこに来てしまったかも、ですね」

博士は笑い、ミョンはため息をつく。

「博士、ありがとう。着替えて散歩行って来るわ。教室も寮の部屋も人がいっぱいいはるから落ち着けへんし。ちょっと一人になりたいねん、ごめん」

「了解。上京したばっかかで迷子にならないようにね！　校門を出て右側に玉川上水《たまがわじょうすい》の遊歩道があるから往復してくればいいと思いますよ。ジャージ姿にタオルでも首にかけて手ぶらで出掛けたらそれっぽいんじゃないですかね。はは！」

大阪弁でもコテコテさがない上品な日本語で話す博士は、高校時代も他の男子と違って丁寧な言葉遣いだった。学校で「朝鮮語習得のための日本語禁止キャンペーン」が盛んになり、皆が一〇〇パーセント朝鮮語で話していても、ひそひそと日本語で話すのでいつも先生に叱られていた。当時、ハーフコート並みに長い学ランの上着にダボダボのズボン、ムチウチ患者の首のコルセットのような高い襟とカラー、真っ白に洗った紐《ひも》なし運動靴が朝高男子の制服の定番だった。でも博士の制服は、上着の裏に龍や牡丹《ぼたん》の刺繍《ししゅう》もなく、ただ漢字で「李《リ》 大樹《テス》」とオレンジ色の刺繍が入っていた。


（朝高男子 ちょうこう）

ミヨンは博士の学ランの按配《あんばい》が好きだった。ガリ勉君のピタピタ制服とヤンキーなダボダボ制服の中間のようなバランスに、感心していた。集団主義を嫌う博士は、クラス討論会などでも独自な意見を述べていた。ミヨンは、高校時代までクラスで浮いた存在のように思っていた博士に、今まで以上の親近感をおぼえた。博士はいつものように小さく手を振りながら「またね、バイ」と日本語で言って男子寮の方向へ歩いていった。

朝鮮大学校、と書かれた校門を出て右側の散歩道に出ると、木々に覆われた玉川上水・遊歩道が続いている。新緑の芽の間から見える桜のつぼみの桃色が愛らしい。小川を挟んで生い茂る木や草の匂いが春の息吹を感じさせる。

ミヨンが育った大阪の下町には緑も公園もなかった。マンホールと電信柱を『陣地』にして遊んだ子供時代を思い出しながら、春の日差しの間を通り抜ける風を感じる。

犬を連れて散歩する老夫婦や、学校から家に帰る子供たちが、道を譲り合いながら歩いている。「ロマンス通り」と呼ばれるこの並木道には創価《そうか》学園、白梅《しらうめ》学園、津田《つだ》塾《じゅく》大学などがあり、国立《くにたち》音楽大学にも続いている。スケッチブックや大きな楽器を抱えた大学生たちが行き交うのも珍しくない。

運動する気もないのにトレーニングウェアを着て、タオルまで持って歩いているのが馬鹿馬鹿しく、後ろめたい理由もないのに〝変装〟している自分が情けない。

四年間……やっていけるかな……。

体から血が抜けてふらつきそうだ。学部別始業式での学部長の挨拶《あいさつ》が耳鳴りのように繰り返し聞こえる。

「我が文学部は、日本各地にある小・中・高の朝鮮学校において、在日同胞社会の新しい世代を育成する優秀な教員たちを養成するための学部であり……もちろん、一部の卒業生は総聯《そうれん》の基本組織や傘下の機関で働く場合もありますが……しかし殆どの文学部卒業生は教員となり、民族教育の発展に人生を捧《ささ》げることによって、敬愛する主席様と親愛なる指導者同志に忠誠を尽くす革命戦士としての……」

思い出しただけで胃がキリキリする。堅苦しい「革命的言語」は高校時代の進路指導で聞き慣れてはいたが、「教員養成学部」という予想外の言葉に目眩《めまい》がする。

教育学部でもないのに……文学部が教員養成学部っておかしいやん！　そんな話聞いてない！　学校の先生なんて死んでも嫌！

心の中の悲鳴を声にも出せず、心臓の鼓動だけがバクバクと響く。

ミヨンは演劇と映画にしか興味がなかった。朝鮮大学校に来た最大の目的は、東京で四年間思う存分芝居を観て、卒業後に入る劇団を決めるためでもあった。高校の進路指導で自分を苦しめた教師たちに憧《あこが》れなど微塵《みじん》もない。教員なんて自分の価値観を他人に押し付ける傲慢《ごうまん》な人種だけが出来る仕事だと思っていた。

入学式の日に進路を決められるナンセンスに怒りが収まらないまま歩き続ける。来てはいけない場所に足を踏み入れてしまったのかも知れない……。

ふと、ジェットコースターの頂上から落ちる時の、内臓が空っぽになるような感覚に包まれてしゃがみ込む。前を見るとトレーニングウェア姿でジョギングしながら向かって来る人がいる。朝大生だったらどうしよう、そうに違いない、心の中を見透かされてはまずいと思い、立ち上がって平静を装う。

こんなにも疲れる散歩は生まれて初めてだ。

並木道の切れ目を左に曲がると珈琲屋の看板が見える。甘いココアが飲みたい、と思った。ポケットに入れて来た千円札を確かめて店に向かって歩く。静かな音楽が流れる店だといいな。歌詞があるポップスは聴きたくない心境だ。

「珈琲とケーキの店　蔦《つた》」

重い木のドアを押すと静かに流れるジャズが聞こえた。ほっとしながら一歩店の中に入った途端、体に緊張が走る。客はみんな朝鮮大学校の女子学生たちだ。

ジャージ姿の二人組と四人組が日本語と朝鮮語が混ざった言葉で話している。新入生ではなさそうだ。二人掛けのテーブルに一人で座って雑誌を読んでいる人もいる。

それぞれの客が一瞬のうちにミヨンを頭から爪先まで舐《な》め回すように見つめ、また自分たちの会話に戻る。「新入生よね」という朝鮮語だけがハッキリと聞き取れた。気後れしたミヨンは、店主に会釈をし、ドアを閉めた。

運動外出ってこういう事だったんだ。

安らぎを求めた場所から締め出され行くあてもない。大学生活は始まったばかりだし、あまり考え込まないようにしよう、と自分を慰める。ホットココアの甘い舌触りが遠ざかっていく。

駅前のヤマザキパンで珈琲牛乳を買い、一気に飲み干した。糖分が体の隅々まで染み渡るようだ。

小さな本屋さんを見つけ、ミヨン最愛の雑誌「ぴあ」を買う。土日は外出できるし、平日だって理由を言えば外出は可能な筈。なんたって文学部、演劇や映画を観るのは仕事のようなものだ。

大阪朝校時代、学生鞄《かばん》には必ず「エルマガジン」を忍ばせていた。生徒会の活動が忙しい時も、観たい演劇と映画、美術館やギャラリーの展覧会情報に必ず赤ペンで印をつけた。道頓堀《ミナミ》と梅田《キタ》の名画座には毎週通い、大阪で観られる演劇は殆ど観たが物足りなかった。

ここは東京！　大劇場のミュージカルからアングラ劇団のテント芝居まで、観まくる生活を送ればいい！　大丈夫、大丈夫。

ミヨンは、関西の情報誌よりも分厚い「ぴあ 首都圏版」を抱きしめた。その分厚さが、東京にきた自分の選択の正しさを証明していると信じた。

大学が辛《つら》ければ、劇場に逃げたらええんやし！

本屋さんの時計が夕方五時三十分を示している。自分の腕時計も確かめたミヨンは、大学の方向へ歩き出す。ジャージ姿の朝大生っぽい人たちが数人、急ぎ足で歩いているのでついていく。みんな腕時計を見ながら歩いている。ミヨンも自分の腕時計を見ながら大股で歩いた。

校門の手前で、自分はジョギング中だった筈と気がつき、「ぴあ」をジャージの上着の中に隠した。自分の行動が不思議だが、競歩のように走る。

校門の中に足を踏み入れて時計を見ると五時五十五分だ。運動外出時間内ギリギリ間に合った。

急いで女子寮へ戻る。

三〇三号室の入り口にルームメイトの二人と三年生の生活指導員が立っていた。

「もしかして、入学初日から外出？　スゴーい！」

猫背で顔が大きいルームメイトが、大声を出す。何がスゴいのかよくわからない。

初対面の時から彼女の大袈裟《おおげさ》な話し方が気になっていた。嫌みなのか無意識なのか、とにかく干渉するので「小姑《こじゅうと》」と名付ける。急いで「ぴあ」を自分のクロゼットに隠す。

「お腹空《す》いたよね、早く食堂に行きましょ」

ダンサーが場の空気を和ませる。相変わらず指先が小さく踊っている。小中学校の部活で朝鮮舞踊を習っていたミョンにとって懐かしい体の動きだ。

食堂は玄関のホールで左右に分かれ、右が男子専用、左が女子専用だ。大学教員や職員たちは男女問わず左側の女子専用食堂で食べている。

トレーを持って列《なら》ぶと、当番の女子学生がスープとおかずをよそってくれる。炊きたてのご飯とキムチはおかわり自由だ。「ありがとう《コマプスムニダ》」「お疲れさま《スゴハムニダ》」と、朝鮮語が飛び交っている。

「隣の部屋の人たちと一緒に座りましょ」

両手でトレーを持った小姑が人にぶつかりながらテーブルの間を突進する。

「こっちこっち！」

北海道出身の聖子《せいこ》ちゃんカットのクラスメイトが、ミョンたちを呼んだ。北の大地でのびのび育った大らかさが全身から溢《あふ》れている。完璧《かんぺき》なブローでおデコを隠し、サイドのウェーブもスプレーで固めてある。嵐が吹いても彼女の髪だけは崩れそうにない。

「大阪朝高らしい短いチマ着てたの、あなたね」

聖子ちゃんは鼻に皺《しわ》を寄せて笑う。

ミョンは笑顔で頷きながら焼肉《プルコギ》風のおかずとワカメのみそ汁を食べる。

「この食堂はね、朝大の教授夫人たちが数人働いてらっしゃるの。母《オモニ》の味だから本当に美味《おい》しいわよ。キムチも手作りだし」

三年生の生活指導員の先輩がステンレスボールに入ったキムチを一人ひとりの皿に取り分ける。

「あ！」

ミョンが小さな声を上げた。

「白菜キムチ、きらい？　きゅうりや大根キムチもあるはずだけど」

先輩が他のテーブルを見回して白菜以外のキムチを探す。

「あの、キムチ食べられなくって。辛いの苦手なんです」

「ええー？　キムチ食べられないってウソー！　朝鮮人なのにー！」

小姑は大きく開けた口を両手で塞《ふさ》ぎ声を張り上げた。ダンサーが睨《にら》んで黙らせる。

「キムチは毎日出るから、食べる練習しなさいね」

練習？

母にも言われたことのない押し付けがましい言い方に、ミヨンの胃がチクリとする。少し疎ましい先輩を「女官」と名付け、黙ってプルコギを口に運ぶ。

「朝鮮人のくせにキムチを食べられないとは、情けない奴だ」

民族主義者で在日一世の父に言われるたびにムッとしたことを思い出す。


「どうして食堂は男女別なんですか？　昔からですか？」

ダンサーが女官に聞く。

「言われてみるとそうねえ、考えたこともなかったわ」

そして考えようともしない女官が続ける。

「今日はお風呂《ふろ》はありません。七時十五分にベランダで点呼したら勉強部屋の席について下さい。今後のスケジュールや大学生活のルールについて説明します」

ミヨンは食べながら腕時計を何度も見ずにはいられなかった。生まれて初めての寮生活が始まったばかりなのに、時間に追われ目が回りそうだ。風呂に入れないのも耐え難いが、髪を洗えないという現実に直面したことがなかった。昨日の夜、聖子ちゃんが冷たい水でシャンプーするのを見た時は驚いたが、今は彼女の気持ちがよくわかる。寮生活初日から、鼻歌を唄《うた》いながらトイレの洗面台で髪を洗う大胆な聖子ちゃんを、ミヨンは心から尊敬した。

朝鮮大学校は全寮制であるため、自宅が徒歩圏内にある学生も例外なく寮生活を強いられる。

入学式前日、新入生たちは学部別に教室に集められ、翌日の入学式についての説明を受けたあと、寮の部屋割を言い渡された。

木造三階建ての文化住宅のような建物。部屋は縦長で、寝室と、木の引き戸で仕切られた奥の学習部屋に分かれている。寝室の片側の壁は二段ベッドが三つ繋《つな》がっていて、反対側の壁に六つのクロゼットと下駄箱、洗面用具を置く棚が設《しつら》えてある。

ルームメイトとジャンケンをして各自使うベッドと机を決め、手荷物のボストンバッグから取り出したジャージに着替え、別送品を受け取りに新入生でごった返す学生課に向かった。家から送った布団袋やいくつもの段ボール箱を確認すると、待ち構えていた上級生の男子たちが手際よく寮の部屋まで運んでくれた。敷布団と掛け布団をベッドに上げ、とりあえず寝床を作った。ベッドの中の整理は適当に済ませ、共有部分が多い奥の部屋の整理に取り掛かった。

学習室奥の窓の上にはキム・イルソン、キム・ジョンイル親子の肖像画が掛かっている。その下には暖房用のヒーターがあり、冷房はない。両側の壁に三つずつ並んでいる勉強机の上に本棚がしつらえてある。各自隅っこの机を使い、両側中央の机はキッチン代わりにするのが慣例らしい。先輩たちが残した電気ポット、トースター、食器類が並んでいる。各自が持ち寄ったインスタント珈琲やお菓子、早速売店で購入したマーガリンやジャムも並んだ。食器を洗うための洗剤やスポンジとボールを揃えれば、とりあえず生活はできそうであった。

ベランダでの点呼が終わり同室の三人が勉強部屋の机についたころ、女官が入って来た。

「全員揃ってますね。ミヨンは髪を乾かす時間がなかったの？　いつも時間を計算して行動しなさい。自習時間にベッドでドライヤーの音を立てる訳にはいかないでしょ」

ミヨンは頭に巻いていたタオルを解《ほど》き、濡《ぬ》れた髪を指で梳《す》きながら髪留めでまとめた。

「夜十一時からの総括が終われば、十二時の消灯までは自由時間です。ドライヤーを使うならその時に」

ミヨンは返事をしなかった。

ショートヘアの小姑は楽しそうに笑った。

大学生活の規則が印刷された紙が配られる。紙に書かれた具体的なルールを読みながら小姑は何度も頷き、ダンサーはため息をついた。ミョンはからっからに喉《のど》が渇いた。

6：30　起床
6：45　中庭で朝礼、部屋の掃除
7：15　朝食
8：45　授業開始
12：30　昼食
13：30　午後の授業開始、サークル活動　他
16：00　運動外出可能（18時まで）
18：00　夕食、風呂
19：15　学部別に点呼（寮のベランダに全員が立つ。雨の日は部屋で行う）
19：30　政治学習（寮の部屋で）
20：00　自習（寮の部屋で）
23：00　一日総括（寮の部屋で）

24：00　消灯

＊雨天に限り、朝礼は寮のベランダで行う。
＊消灯時間以降の自習は大学構内で開放されている教室で行う。
＊食事は食堂で。女子は月に二、三度の当番がある。その他、教室や風呂場の掃除も当番制である。
＊風呂は隔日で交代する。二年制女子は月水金、四年制女子は火木土とする。
＊構内の売店には書籍、学用品、日用品（洗剤、タオル、下着、靴下等）、食料品（パン、お菓子、アイスクリーム等）があり、クリーニング店もある。
＊日本の新聞は寮の部屋ごとに契約し購読することが出来る。
＊電話は大学正門の横に並んでいる電話ボックスで自由時間内の使用とする。
＊平日および土曜日は外出禁止、日曜日は朝礼の後から夜八時まで外出を許可する。それ以外の外出に関しては、外出許可証明書に規定の責任者たちの印を貰《もら》い、校門の守衛室に外出許可証を預け、大学に戻った時に守衛室で外出許可証を受け取る。外出許可においては寮の室長（各部屋）、同学年の学部班長または副班長（各クラス）、学部学生責任者である学部委員長または副委員（各学部）、担任教授（教員）、朝大委員会専任指導員（生活指導）、計五人の印を受けること。空欄

があれば外出は認められない。
＊授業は制服で受けること。男子は学生服、女子は黒色もしくは紺色のチマ・チョゴリ。
＊男女とも髪染めとジーンズ及びジーンズジャケットを禁止する。
＊女子の化粧、ズボン、ミニスカートは禁止する。スポーツウェアのズボンは許可する。

沈黙が流れる。皆は言葉もなく大学生活の規則が書かれた紙に見入っている。

「まだクラス委員も決まらないでしょうけど、寮の室長は決めましょうか。難しい仕事ではないのよ。朝礼や授業、夕方の点呼の時に全員の出欠を確かめたり、毎日の総括を進行したりするくらいだから。じゃ、シンさんにお願いするわね」

女官に指名されたダンサーが快く引き受ける。大袈裟に拍手をする小姑が鬱陶しいと思いながらもミヨンはホッとする。

「これが外出許可証よ」

パスポートより一回り小さなサイズ。二つに折られた青い紙切れの表紙に「外出許可証」と朝鮮語で書いてある。中には日付、曜日、希望時間、場所、理由を書く欄があり、その横に押印の欄が五つあった。外出許可の印は室長から順番に貰うようにと女官が説明する。ダンサーが申し訳なさそうに笑う。

「今日はこれくらいにしましょうか。明日は日曜日だから、少し遅い朝礼の後の朝八時から夜八時まで外出は自由です。何か質問はありますか」

ルームメイトたちは首を横にふりながら席を立った。女官も玄関で靴を履いていた。頭の中は質問だらけで破裂しそうだ。ミヨンは玄関に走り、部屋を去ろうとする女官に訊いた。

「日本語の本は、禁止ですか」

ミヨンの声にダンサーも関心を寄せる。小姑も耳をそばだてているのがわかる。ベランダにいた聖子ちゃんも戸を引き顔を覗《のぞ》かせた。

「小説や文学専門誌ならいいでしょう。ファッション雑誌や週刊誌は没収よ」

「没収、ですか？」

あとで文句をつけられるのは耐えられないと思ったミヨンは、机の本棚から雑誌「テアトロ」「新劇」「へるめす」、クロゼットの中に隠していた「ぴあ」を女官の前に差し出す。

「定期購読しています、文学や演劇関連雑誌ですから問題ないと思いますが」

ダンサーと聖子ちゃんはそれらを珍しそうに眺める。

「ミヨンは面白いモノ読んでるのね。許可はするけど指定図書を読んでからにしなさいね。一応、学部には報告しておきます」

「ポルノ雑誌はどこで見ればいいんですか？　なーんて！」

玄関に上半身だけのり出し質問した聖子ちゃんが、鼻に皺を寄せながら笑っている。

「卑猥《ひわい》な雑誌が見つかったら自己総括が待っています」

新入生たちのひきつった顔を見た女官は、大声で笑いながら出ていった。

「冗談通じないのね」

女官と入れかわるように部屋に入ってきた聖子ちゃんにダンサーがぴあのページをパラパラとめくって見せた。

「赤ペンで印がついてるのはもう観たの？　これから観るの？」

ダンサーが訊いた。

「時間もお金も限られてるけど、観たいと思うのは印をつけて、解説を読むの。東京は劇場も映画館も多いから夢みたい。チケット代のためにアルバイト探さなきゃ、と思っていたんだけど、禁止だなんて」

「全寮制の組織生活なんだから。アルバイトなんて有り得ないわよ」

そう言い捨てた小姑はベッドに入りカーテンを閉める。

「ゆっくり考えればいいじゃない、まだ初日なんだから」

ダンサーの言う通り。そう、大学生活はまだ初日だ。

起床時間よりも早く目が覚める。体を動かすたびにベッドがギシギシ鳴った。下のベッドを覗くと、ダンサーがぐっすり眠っている。起こしたくないので、暫くじっとしていようと思う。その時、耳を塞ぎたくなるようなけたたましい雑音が、壁に備え付けてあるスピーカーから流れてきた。放送事故のような音量で北朝鮮の行進曲が始まり、男女混合の合唱団が歌う戦闘曲が酷《ひど》いノイズとともに続いた。

「うるさーい！」

ダンサーがスピーカーに向かって叫ぶと、小姑もベッドから出てくる。

ミヨンは革命的行進曲に追い立てられるように身支度をする。毛先に巻き付けていたカーラーを外し急いで髪を結いポニーテールをつくる。中庭での朝礼には、学部別に整列するのが規則だ。遅刻は集団責任とされるのでグズグズしていられない。

朝鮮大学校の中心には、研究堂と呼ばれる二つの校舎が隣り合わせで建っていて、授業はここで行われる。研究堂の前にある噴水広場を中庭と呼び、周りに図書館、大講堂がある。大学校の敷地の奥にはサッカー部やラグビー部が使うグラウンドと男子寮がある。

授業開始前の朝八時三十分ごろになると、男女それぞれの寮から制服を着た学生たちが研究堂へ流れて行く。ミヨンはチマ・チョゴリの上にラコステの薄いカーディガンを羽織っている。ポニーテールには紺色のベルベットのリボンをつけた。教科書と大学ノート、「テアトロ」、革のペンケースをブックベルトで縛り胸の前で抱える。

第二研究堂の二階に上がる。階段や廊下のコンクリートが黒光りしていて冷たい感じがする建物だ。学ランとチマ・チョゴリの制服は見慣れていたが、高校時代の風景よりも学生の年齢が高い。学ランを着たオジサンたちが廊下で堂々とタバコを吸っているのが不思議だ。

二〇三号教室。

真っ黒な鉄のドアを開ける。小さな教室は文学部一年の二十五人で埋まるほどのサイズだ。

入学式当日から班長のようにクラスをまとめているペク・スンチャが、名前が書かれたメモを見ながら出欠をとっている。

「パク・ミヨン君だね、おはよう」

いきなり名前を呼ばれたので驚いた。ペクに頭を下げ、一番後ろの窓際に座る。ペクはクラスメイトというより担任の教員みたいだ。

金八《きんぱち》先生みたい。金八、でいっか。

また一人、ニックネームが決まった。

「ソンジン、悪いけどジョンスを起こして来てくれないか。授業初日から寝坊で欠席っていうわけにもいかないだろ。お前、寮の室長なんだからさ、頼む」

金八は、申し訳なさそうに手のひらを顔の前に立て、細長い顔に濃いもみあげが特徴的なキム・ソンジンに頼んでいる。

キム・ソンジン、ルパン三世そっくり。決まり！

断れないルパンは席を立ち、渋々教室を出て廊下を走って行く。学ランのボタンを三つはずしたルパンの胸元からは、エンジと黄色の縞《しま》模様のラグビーウェアが見えた。

ルパンと入れ違うように色鮮やかなチマ・チョゴリを着た女性教授がにこやかに入って来る。ミョンは急いで一時限目の「朝鮮文学史Ⅰ」の教科書とノートを机の上に出す。

花柄模様の絹の布で仕立てられたブルー系のチマ・チョゴリに身を包んだ教授は、少しエラの張った古風な朝鮮美人だ。五十代後半くらいに見えるが、透き通るような白い肌にショートヘアが似合っている。左手の薬指にはシルバーのリングが光っていた。

お肌真っ白！　ミセス・ホワイト！

チョゴリの襟元から見えるミセス・ホワイトの首筋と鎖骨を見つめながら、隠れたデコルテの肌も真っ白なんだろうなと想像する。

「起立しましょうか」

ミセス・ホワイトが笑顔で言う。

全員が立ち上がる。ミョンは窓の外に視線を移す。研究堂の裏には、高さ二メートルくらいのコンクリートの塀があり、塀の向こう、隣の広い敷地にも校舎のような建物がいくつも立っている。周囲に高層ビルがないため、空が広い。

この広さは大学？

校舎のような建物の屋上では、ジーンズ姿の男女が大の字で寝ていたり、雑談したりしている。

なんか、自由でいいな……。

ミョンは羨《うらや》ましい気持ちでお隣さんたちを眺める。

「座ってよろしい」

ミセス・ホワイトの朝鮮語で我に返り着席する。

そこへ、ルパンが寝坊助《ねぼすけ》を連れて教室に入って来る。寝ぐせがついた寝坊助は教科書も買ってないのか、ノートと一本のボールペンだけを持ってバツが悪そうにつっ立っている。

「朝鮮語には、始まりが結果の半分以上を物語る、ということわざがありますね。言えますか?」

「シジャギ　チョルバニダ」

寝坊助が滑舌の悪い下手な朝鮮語で答える。ミセス・ホワイトは寝坊助の名前や出身校、文学部を選んだ動機や将来の夢などを訊き、組織生活の重要性と文学部の役割について説き始める。

大学っていうより、幼稚園だな。

ミョンは、寝坊助に対してより、教授の過保護ぶりに呆《あき》れる。

「『朝鮮文学史I』では、偉大なるキム・イルソン首領様が日本帝国主義と闘っておられた抗日パルチザン闘争時代の物語を描いた作品群について学びます。我が祖国でもそうですが、私たちはこれを『抗日武装闘争文学』と呼んでいます。偉大なる首領様と共に抗日武装闘争に命を捧げた英雄たちの名前を挙げられますか」

ミセス・ホワイトの視線を避けようと皆が横を見たり下を向いたりする。

「キム・ヒョク同志、チャ・グァンス同志、それから……」

指名もされていない小姑が嬉しそうに答えはじめる。「キム・イルソン元帥　革命歴史」の教科書に出てくる名前を「同志」と呼びながら、小姑は幸せそうだ。

「必読書は売店で販売されています。購入するか、上級生に借りるかして読んでおくように。小説の題名をかきます」

チョークで黒板に書かれるタイトルを皆がノートに写す。

『人民の自由と解放のために』『太陽を仰ぎ見て』『鴨緑江《おうりょくこう》』……。

毎夜の政治学習の時間に『金日成著作選集』シリーズを読み、続いてこれらの革命文学を読む毎日が始まると思いながらシャープペンシルを走らせる。気分が沈む。

休憩時間になり、演劇雑誌「テアトロ」を読み始めたミヨンの後ろに聖子ちゃんが立つ。口をモグモグさせながらミヨンの肩越しから「テアトロ」を覗きこみ目をパチクリさせている。

「面白い？」

「うん。高校の時から毎月読んでるの」

「ふーん、変わってるね」

聖子ちゃんは鼻に皺を寄せて笑いながら、サイコロキャラメルを置いていった。

ミヨンは四角い大きなキャラメルを口に入れ、続きを読み始める。

二時限目の「外国文学Ⅰ」も同じ教室だ。担当教授が入って来ても「テアトロ」に集中しているミヨンは、ダンサーに肩をたたかれ慌てて起立する。エヘン！　と咳払《せきばら》いをしながら教授が下を向くと、禿《は》げ頭のバーコードが崩れ、少ない髪がパラパラと広いおデコに散らばった。その髪を一：九分けに戻す仕草が可笑しい。出会って十秒、ニックネームはバーコードに決まる。

「アンニョンハセヨ。名前を呼ばれたら手を挙げて返事をするように。皆の顔を憶《おぼ》えないとな。座ってよろしい」

教授は返事をする学生の特徴を書き込んでいるようだ。

出席を取り終わった教授は自分の名前を黒板に大きく書いた。

「私の名前は、キム・ソンジュです」

そう言いながら耳たぶを触り、一：九に分けた髪を手の平で押さえる仕草を繰り返す。

「うそー！　偉大なる首領様の子供時代の名前と同じだなんて！　凄ーい！」

小姑がスクープでもモノにしたようにはしゃぐ。

「漢字表記は違いますので。そんなに騒ぐような事ではありませんよ」

「先生の漢字はどの字ですか？　首領様は『金成柱』ですよね」

「ウ、ル、サ、イ！」

ダンサーが小姑を小突いた。

「ソンは『成』で同じですが、私のジュは『周』です。ま、私の名前はいいとして」

キム・イルソン主席と私の名前を比べながら話せるわけがないだろ、勘弁してくれ！　とでも言いたそうに、バーコードは話題を変える。

「君たちが今までどのような外国文学を読んできたのかを少し知りたくてね。テストじゃないから書けなくても問題はないよ」

アンケート用紙のような紙が配られる。氏名、出身校の下に質問がある。

ミヨンは思いつくままに作品のタイトルや作家名をあげ、芝居で観た戯曲の中の好きな台詞《せりふ》を書き込んだ。用紙を回収しながらバーコードが語り始めた。

「外国文学と言っても色々あります。トルストイ、ゴーリキー、シェイクスピア、チェーホフ……中でも私が愛して止まないのは何と言ってもパール・S・バックの『大地』ですね」

バーコードは、学生たちと視線を合わせる事もなく宙を見つめ、耳たぶを触っては分けた髪を撫《な》で、高揚しながら滔々《とうとう》と「大地」について語り始める。バーコードの語りは子守唄のようで、学生たちは一人またひとりと沈没していった。


日曜の朝、ミヨンはインスタント珈琲を飲みながら「ぴあ」のページをめくっている。今月のお小遣いの中からチケット代に使える分を考えながらため息を漏らしていた。そこへ文学部四年のリ・ファミが三〇三号室を訪ねて来る。

「アンニョンハセヨ。パク・ミヨンさんの部屋ってここかしら？」

「はい、私ですが」

ミヨンはペコンと頭を下げた。

「文学部の新入生歓迎会で会ったわよね。私の顔わかるかな」

彫りの深い顔立ちにショートヘアのリ・ファミは、ジャージを着ている時でさえ都会的なセンスが漂っていたのでよく覚えていた。

「いきなりなんだけど、今日、演劇みに行かない？」

「え？」

「あなた、芝居大好きなんですってね。『テアトロ』を持ち歩いている新入生なんて文学部史上初めてだって先生たちが驚いてたわ。既に学部では有名人よ」

呆気《あっけ》にとられたミヨンの横でダンサーがニコニコしている。

「私の東京朝高時代の同級生で、日本の劇団で頑張っている友人がいるの。主役に抜擢《ばってき》されたお祝いにチケット買ったんだけど、せっかくなら演劇好きな人を誘いたいと思って。この最初に出てる名前が私の幼なじみのペ君」

ミヨンは公演のチラシを渡される。

「行きます！　すぐに着替えます！　ありがとうございます！」

チラシを見ることもなく即答する。

「よかった！　じゃ、支度して一時間後に正門で待ち合わせましょう。芝居みて夕飯もして来ようね。じゃ後で」

リ・ファミに頭を下げたミヨンは宙にも舞う気分だ。

出演者の名前のトップに「主演 ペ・ヨンジュ」と在日コリアンの本名がある。

「やっぱり東京は違うね。朝高出身で、本名で、主役なんて凄《すご》い！」

「ペ先輩、ついに主役か。ファミ先輩、カッコいいでしょ。お父様は、あの有名な焼肉チェーンの社長なのよ。叔父《おじ》様はパチンコチェーンの社長だし」

「へー。東京って色々と凄いね」

大阪出身の自分が限りなく田舎者に思えた。

ポニーテールを揺らしストーン・ウォッシュの茶色いロングコートを羽織ったミヨンが正門まで走って行くとリ・ファミが待っていた。

「新入生と外出か？　門限守れよ！」

守衛室から天然パーマの男子が叫ぶ。リ・ファミは聞こえないフリをして通り過ぎる。

「政治経済学部四年の名物男。二言目には、朝鮮女性らしく、とか言ってくるの。李《り》朝《ちょう》時代の化石みたいな奴」

二人は顔を見合わせて笑う。

正門からまっすぐアスファルトの道を歩く。五十メートルほど先に食料雑貨店とラーメン屋があり、その前に「朝鮮大学校」というバス停がある。外出する私服の朝大生が並んでいるが、男女ともジーンズが禁止なので、少しかしこまった感じの服装だ。女子は全員スカートを穿《は》いている。

「ファミ先輩、このラーメン屋さん美味しいんですか？」

「この『十番』はね、昔から朝大生の男子しか来ないの。女子がここで食べるってあり得ない、ってことになってて。卒業の記念に食べに来る女子がいるらしいけど。私も未体験」

ミョンが、「営業　一一時〜二五時」という張り紙を見ていると、ジャージ姿の男子たちが暖簾《のれん》をくぐって入った。ラーメン屋の換気扇から、麺《めん》を茹《ゆ》でる匂いが漂ってくる。

国分寺《こくぶんじ》駅に向かって走る西武《せいぶ》バスに乗った二人は、後方のドアの側に立った。「朝鮮大学校前」の一つ手前のバス停武蔵野《むさしの》美術大学から乗ったのだろうか、スケッチブックを持った人たちが乗っている。白梅学園、創価学園、津田塾大学と、バス停に止まるたびに学生たちが乗り込んで来る。ジーンズを穿いた彼らが羨ましい。

「バスの中でも日本語は控えたほうがいいわよ、朝大委員会や生活指導員に通報する人がいるから。鷹《たか》の台《だい》、国分寺、立川《たちかわ》は大学構内と思ったほうが安全ね。じき慣れるわよ」

驚きのあまり頷けない新入生を見て、リ・ファミが笑う。

目の前にいる日本の大学生たちの日常にはどんなルールがあるんだろう？　寮生活？　自宅通学？　門限は？

彼らと直接話す機会はあり得るのだろうか。自分が特別な施設に隔離されているようで息が詰まりそうだ。

六本木《ろっぽんぎ》・俳優座《はいゆうざ》劇場は、ミョンが演劇雑誌の中だけで触れた憧れの場所だった。建物を眺めながら、俳優座創設者である千田是也《せんだこれや》氏の「是也」という名前が「コリア」に由来することを思い出し親近感を覚える。劇場ビル一階の奥にある英国風パブ「HUB」は、昼間から人が入れないほど賑《にぎ》わっていた。観劇の前に英国風パブでビールだなんて、東京って外国みたいだと思う。パブの様子を眺めながら、入り口横の立て看板に気がつく。

「劇団東京芝居組　アーノルド・ウェスカー作『調理場』主演　ペ・ヨンジュ」

会った事もない俳優の名前なのに身内のように誇らしい。中学時代から演劇を観始めたミョンだが、メジャーな劇場公演のチラシに朝鮮名が書かれているのを見たのは初めてだ。

「東京って本当に凄い！」

進路指導で教員たちと揉《も》めながらも、上京を諦《あきら》めなかった自分は正しかったと確信する。

「ミョン？　目が赤いよ。初めての六本木に感動？」

チラシに見入るミョンを、リ・ファミがからかった。

主演俳優から買ったチケットだけあって、二人の座席は一階席のど真ん中だ。舞台の緞帳《どんちょう》は上がっていて、「調理場」のセットが組まれている。まるで数時間前まで多くのシェフが働いていたようなリアルな「調理場」。鍋《なべ》、フライパン、まな板など、大小の調理器具が所狭しと置かれている。暫くセットに見入っていたミョンは、今まで観た演劇や映画について話し始めていた。俳優座、民藝《みんげい》、無名塾《むめいじゅく》などの新劇だけではなく、夢《ゆめ》の遊眠社《ゆうみんしゃ》や第三舞台《だいさんぶたい》など新しい劇団の話まで途切れることがない。六本木まで来てやっとリラックスしたのか、二人とも日本語で話しているのが可笑しい。映画「クレイマー、クレイマー」を観て号泣したことで盛り上がる。ミョンが、再結成したサイモンとガーファンクルのコンサートに、チマ・チョゴリの制服のまま駆けつけたと話すと、リ・ファミが目を大きくした。

開演のベルが鳴る。音楽が流れ、客席の灯《あか》りが落ち、舞台の上の「調理場」にライトが照らされる。開店前の「調理場」に、シェフやウェイトレス、支配人が出勤し、料理の下ごしらえを始める。開店後、レストランの混雑と共にオーダーが殺到し「調理場」の人々は優しさを失い、ヒステリックで自分本位になっていく。舞台セットの転換が無いまま描かれる一晩の「調理場」の様子は、都会に生きる人間の孤独と寂しさ、エゴと狂気を浮き彫りにする……。

主役で出ずっぱりのペ・ヨンジュは、シェフとしての包丁捌《さば》きも見事で圧巻の熱演だった。

喝采を浴びながらお辞儀をする俳優たちの中央に立つペ・ヨンジュにミヨンたちは惜しみない拍手を送る。三度のカーテンコールのあと、やっと客席が明るくなった。

「せっかくだから、楽屋に行って挨拶して帰りましょう」

リ・ファミについてロビーに出たミヨンは、舞台や映画、テレビに出演する俳優たちを何人も見かける。

東京ってプロの役者さんたちが観客なんや……。

ミヨンは、緊張感漂うロビーの空気にひりひりした。

二人が楽屋の通路で待っていると、Tシャツ姿のペ・ヨンジュが現れた。化粧を落としたばかりのようで、濡れた髪を海賊のようにタオルで覆っている。

「ヨンジュ、おめでとう！　お疲れさま！」

リ・ファミが声をかけ、ミヨンが頭を下げる。

「こちらは我が文学部一年のパク・ミヨン、学部でも有名な演劇通なの」

「これはこれは、遠い小平《こだいら》からようこそ」

朝高出身のペ・ヨンジュは朝大の場所をよく知っていた。

「私は演劇の道に進むつもりです！　制作でも大道具でも、演劇に携わる仕事がしたいと思ってます！　今日は本当に感動しました！」

ミヨンの〝自己紹介〟は魂の叫びのようだった。

「頼もしいね！　明日は月曜で休演だから皆で飲むんだ。ファミ、久しぶりに一杯やろうよ。隣のビルの地下にある、どん底、っていう居酒屋。俺も着替えてすぐに行くから。あ、後輩ちゃんもどうぞ」

俳優座劇場で主演を果たした俳優と直接話が出来るなんて、夢のような誘いに聞こえた。

行きます、とミヨンが答えようとした時、

「門限八時なの。小平まで戻らなきゃだし、ちょっと無理」

冷静な声でリ・ファミが言う。

「おいおい、修道院のシスターみたいだぞ。ま、仕方ないか。今日はありがとな」

同級生の肩を叩《たた》きながらペ・ヨンジュがミヨンの前に立つ。

「いつか一緒に芝居やろうぜ」

「はい！」

ミヨンは深々と頭を下げる。


俳優座劇場を出て日比谷《ひびや》線の六本木駅に直行する。夕方の六本木駅は、これからが本番とばかりに活気づき始めている。

「とりあえず鷹の台か国分寺まで戻って、それから食事しよっか」

リ・ファミの声をよそに、ミヨンは考え込んでいる様子だ。

「私、どん底っていう居酒屋に行きます！　ほんの少しでも、ぺさんたちと話がしたくて。スミマセン、門限までには帰りますから」

「今からだと殆ど時間ないよ。東京の電車も慣れてないのに大丈夫？　困ったな……」

リ・ファミは眉間《みけん》に皺を寄せながら腕時計を見る。

「芝居を観た後、私がどこに行ったか知らないことにして下さい。私とは劇場で別れたと」

「そういう心配じゃなくて。ちゃんと一人で帰れるのかなって」

「ぴあ持ってますし、後ろのページに路線図があります。わがまま言ってすみません、本当に大丈夫ですから」

ミヨンは既に走り出していた。さっき降りて来た駅の階段を駆け上がり、俳優座劇場の前に立った。周りのビルを凝視し「どん底」という看板を探す。

「あった！」

リュックからぴあを取り出す。「東京路線図」のページを広げ、八時までに大学へ戻る方法を考えたが、土地勘のないミヨンにはさっぱりお手上げだ。

ぺさんに、最短時間で帰る方法を聞けるはず！

急いで階段を降りる。

既に満員になっている居酒屋の活気に気後れしながらぺ・ヨンジュを探す。

「芝居組さんなら、あの奥の階段を降りた座敷ですよ」

忙しそうに生ビールを運ぶ女子店員がテキパキと答える。

ミヨンは、演劇「調理場」の舞台に紛れ込んだような錯覚に襲われながら、お酒と煙草、揚げ物の匂いが混ざった空気に軽い酔いを感じる。

「皆さん自己紹介ありがとうございます！　劇団東京芝居組『調理場』、やっと中盤まで来ました。前売りチケットも完売、新聞雑誌にもありがたい評を頂き嬉《うれ》しい限りです。主演として最後まで……」

挨拶を続けるペ・ヨンジュは、階段の横に呆然《ぼうぜん》と突っ立っているミョンに合図を送る。

「千秋楽までの健闘を誓って！　乾杯！」

ビールグラスを持ったペ・ヨンジュが知り合いと乾杯しながらミョンの方へやってくる。

「厚かましく来ちゃいました。こんなにたくさんいらっしゃるとは……場違いですね、すみません」

「とんでもない。一人で来たの？」

「はい。どうしてもお話伺いたくて。東京の劇場も六本木も初めてで」

ペ・ヨンジュが恐縮しながら話すミョンをテーブルまで連れて行き、皆に紹介する。

「えっと、悪友の安田聖美《やすだきよみ》、文学座《ぶんがくざ》の研究生。彼女も在日だよ」

「パク・ミョンです。朝鮮大学校文学部一年です」

自己紹介をしたミョンは腕時計を見る。

「私、おキヨって呼ばれてるの、よろしく。朝鮮？　大？　学校？　へー、大学もあるなんて知らなかった。あ、私はヨンジュと違ってずーっと日本の公立行ってたから。じゃ、朝鮮語っていうか韓国語っていうか、喋《しゃべ》れるの？」

「はい、一応。あの、ここから国分寺まででってどれくらいかかるんでしょうか？」

とにかく時間が気になる。

「さっき門限があるとか言ってたっけ。おキヨ、時間計算してやってよ。彼女、門限が厳しい寮に帰んなきゃなんだ。ま、とりあえずビール飲みなよ」

ペ・ヨンジュは、ミヨンのグラスにビールを注いで乾杯し、他のテーブルに行ってしまう。

「主演俳優は挨拶が大変なのよ。そのうち戻って来るし。で、門限何時？」

「八時です」

「はちじ？　夜の？　だよね」

ミヨンは小さく頷きながら、ぴあの路線図を見せて国分寺駅を指す。

「駅から遠い？」

泣きそうな顔で大きく頷く。

「ダメだこりゃ。十五分後にはココを出ないと間に合わないよ。遅れるとマズイ？」

おキヨに訊かれるたびに気持ちが沈む。同時にお腹の音が鳴る。

「あ、すみません！」

真剣に謝るミヨンを見て、おキヨが笑い出した。

「仕方ない、じゃあ十五分後に考えよっか。ビールが苦手ならサワーだね。すみません、ここグレープフルーツサワー大至急！」

おキヨの潔い判断に驚きながら大好きなグレープフルーツという響きにほっとする。周りから聞こえる演劇談義が心地好《よ》い。運ばれたサワーを一気に飲み干すと、その冷たさが緊張で火照った体に染み渡る。ジュースなのかお酒なのか判《わか》らないがとにかく美味しい。

衣装スタッフが、エプロンや布巾に汚れをつけヨレた感じを出すのに苦労したと話している。その隣で昨日観た別の舞台の話をする人がいる。離れた席ではペ・ヨンジュと共演者がセリフの「間」と摑《つか》み合いのシーンについて語っている。現場で経験を積んでいる人々の、生きた言葉の全てが授業のようだ。ミヨンは、聞こえてくる会話全てをノートに書き込みたい衝動を抑えながら、演劇の世界に触れている実感に胸を震わせる。

「私、韓国名は安聖美《アンソンミ》。高校出た翌年、太地喜和子《たいちきわこ》さんにあこがれて文学座受けたんだ。それにしてもヨンジュ、本名で主役なんて前代未聞だよ。もっとも主役に抜擢された理由は喧嘩《けんか》のシーンらしいけど。朝高時代、国士舘《こくしかん》相手に相当暴れてたらしいから。ははは！」

ビールを飲みながらおキヨが煙草に火をつける。フィルターの部分に真っ赤な口紅が残る。

「俺の悪口言ってるんじゃないよな」

上機嫌なペ・ヨンジュが戻って来る。

「ぺさんは、本名と通名（日本名）のどっちを使うか悩まなかったんですか」

ミヨンは、公演のチラシを目にした時からずっと心の中にあった質問を投げた。

「悩まない在日っているのかな。俺も毎日悩んでる。仕事場では日本名を使えって言われ、駐禁で捕まったら、通名なんか使いやがって！　本名言え！　ってポリ公に怒鳴られるし、わけわかんねーよな。ただ、どっち使うかは俺が決めたいじゃん。俺の名前なんだからさ」

ビールを勢いよく流し込んでヨンジュは続ける。

「前にテレビドラマの話があってさ、日本名に変えたら出してやるって言われた。プロデューサーの露骨な言い方には吹き出したよ。あんな奴にペコペコするのバカみたいだから断った。で、永遠に居酒屋でバイトってわけ」

隣で聞いていた沖縄出身の役者が、沖縄っぽくない名前に変えるよう〝忠告〟されて悩んだ経験を話す。ミヨンは腹が立ったり考えさせられたり泣きそうになったりと忙しい。

「今度、俺のバイト先に飲みにおいでよ。客も店員も芝居関係者多いしさ。大丈夫、パトロンからのお小遣いでおキヨが御馳走《ごちそう》してくれるさ」

「失礼ね！　私も働いてんだから。家賃かかんない実家で暮らすお気軽人間に、地方出身者の苦労がわかりますかっつーの！　オヤジに愛想振りまくのも楽じゃないのよ」

「わかってる、その稼ぎでチケット余分に買ってくれて感謝してるよ」

ペ・ヨンジュはおキヨのコップにビールを注ぐ。

「夜の仕事、ですか？」

「赤坂《あかさか》でホステスのバイトしてんの。東京で部屋借りて芝居生活するには、夜の仕事しなきゃ無理」

ミヨンは、あなたに出来る？　と問われてるような気がした。怯《ひる》んでいる自分が少し情けない。ふと、壁に掛かっている時計が目に入る。

「ああー！」

声を上げながら自分の腕時計を見ると九時を過ぎている。

「すみません。私、帰らなきゃ……」

「あっ、門限だっけ。どうせ遅くなっちゃったんだし、ご飯くらい食べて行きなよ」

おキヨがおにぎりを注文しようとする。

「でも帰らなきゃ。お話の途中にすみません。本当に楽しかったです」

「学校、厳しいんだよね。外まで送るよ」

おキヨとペ・ヨンジュがビルの外まで一緒に出る。

「ファミによろしく。いつか芝居仲間になれるといいよな」

「ありがとうございました！　今夜のことは一生忘れません！」

ミヨンは深々と頭を下げ、手を振りながら六本木駅に向かって走った。


慣れない東京の地下鉄。日比谷線で恵比寿《えびす》まで行き、国鉄に乗り換えるルートを選ぶ。これなら国分寺駅から大学までのバスに乗れるので、西武線・鷹の台駅から暗い夜道を歩かずに済む。新宿《しんじゆく》駅から中央《ちゆうおう》線に乗り換えた時、空きっ腹に飲んだ数杯のサワーで酔っている事に気がつく。ルームメイトへの言い訳を考える。その一方でジタバタしても始まらないと開き直ってもいて、どん底に引き返したい気分だ。

新宿駅でたくさんの人が降り、たくさんの人が乗り込んで来る。彼らはどんな場所へ帰るのだろう。中野《なかの》、高円寺《こうえんじ》、吉祥寺《きちじようじ》と聞き慣れない駅名が続き、どんどん都心から遠ざかる。小平は遠く、東京って広いんだなーと実感する。

十一時過ぎ。中央線・国分寺駅に着いたミョンは、バス停まで必死に走った。西武バスの停留所は国分寺駅北口から少し歩いた場所にある。バス停までの道で人を見かけないので不安になり、ますます一生懸命走った。

バス停には人もいないし、バスもない。街灯の下に時刻表がぽつんとある。うす暗い灯りの下で目を凝らし、マジックで書かれた時刻表を見る。平日は最終バスが十時台、日曜祝日は九時台とある。

田舎なんやなあ。せっかく走ったのに……。

周りを見回したが人はいない。気を取り直し駅前のタクシー乗り場まで、来た道を走って戻る。幸いタクシーが数台並んでいる。

「朝鮮大学校までお願いします」

運転手に行き先を言うと後部座席に倒れ込む。タクシー代がどれ程になるのかも判らなかったので、お金が足りなかった場合はどうしようかと頭をフル回転させる。寮の部屋まで行くには少し遠い。正門の守衛室にいる男子に借りるしかないと思うと流石に落ち込む。

タクシー料金が二五〇〇円になろうとした時、遠くから強烈な光線が見えた。

「運転手さん、あの灯り……」

「朝鮮大学校だよ。あそこに行くんだろ？」

運転手のぞんざいな言葉遣いよりも乱暴に見える光に照らされるのを想像しぞっとする。防犯目的であろう強烈なビームは魂を吸い取りそうだ。タクシー代を持ち合わせていたことにホッとしながら、少し手前のバス停・朝鮮大学校前あたりでタクシーを降りる。

門限は過ぎたけど、日曜日やし。文学部の学生が芝居観て遅なったんやからキツく咎《とが》めたりはしはれへんわ。だいじょうぶ大丈夫……。

あれこれ言い訳をたぐり寄せて自分を慰める。

ラーメン屋「十番」の小さな提灯《ちょうちん》が赤く点《とも》っている以外は真っ暗だ。

一分でも早く、と急ごうとした時、グーっとお腹の音が鳴った。食べる事をすっかり忘れ、一日中興奮し続けていた事に気がつき苦笑する。

こうなったら大差ないわ。よし！　もう知らん！

勢いよく、ラーメン屋「十番」の暖簾をくぐる。

「いらっしゃいー！」

店主の元気な声で迎えられ、麺を茹でる湯気の香りに包まれる。グレープフルーツサワーの酔いがさめながら、空腹感のあまりフラつきそうだ。

「こんばんは。まだ大丈夫ですか？」

「どうぞどうぞー！」

L字カウンターになっている店内に客はいない。ミヨンは愛想よく迎えてくれた店主に軽く会釈し、奥の席に座る。

朝大男子の聖地だから女子禁制？　普通のラーメン屋さんやん、アホらし！

門限破りの罪悪感と開き直りが混ざりあった不思議な緊張感にドキドキする。店の中を見回すと、武蔵野美術大学や津田塾大学でのセミナーやライブ情報が壁に貼ってある。

「焼き餃子《ギョーザ》と味噌《みそ》ラーメン下さい」

カウンターの中の主人に注文を伝え、水を一気に飲み干す。

「餃子と味噌ラーメン了解！　ラストオーダーってことでいい？」

主人の問いにミヨンが頷く。ポットの水をコップに注ごうとすると、戸が開いた。

「こんばんは。まだ大丈夫ですか？」

ジーンズ姿にメガネをかけた細身の男が店に入って来る。

丁寧な東京弁。視線に気付いたのか、席についた男はジャケットを脱ぎながらミヨンを見る。ミヨンは慌てて視線をそらす。

「味噌ラーメンお願いします」

「味噌ラーメン了解！　ラストオーダーってことでいい？」

男が頷く。コップの水を飲み干した男はポケットから文庫本を出し読み始める。

ジーンズ……朝大の人やないってことやし。よかった！

ミョンは何度も腕時計を見る。

「はい、餃子とラーメンお待ち！　キムチとニンニクはご自由に！　味噌ラーメンとキムチは相性抜群だよ。はい、こちらのお兄さんも味噌ラーメンお待たせ！」

白髪まじりの主人は、キムチが入ったプラスチックの器をミョンの方へ寄せてくれる。

「あ、キムチだめなんで……」

離れて座っているメガネの男がミョンを改めて見る。男は自分の味噌ラーメンにキムチをのせながら下を向いて少し微笑む。

「キムチ無しもよし、キムチたっぷりもよしっ、てね」

店主の言葉に笑顔で頷いていると、男の視線を感じた。小さく会釈をすると、男も頭を下げた。二人は同時にスープをすする。

「うちは朝鮮大の学生さんがよく来るからさ、皆キムチのたべっぷりがいいんだよね。お嬢さん、うち初めてだね」

頷きながらラーメンを食べるミョンの器に、主人がチャーシューを一枚のせる。

「はい、おまけ！」

思いがけないサービスに門限破りの不安が和らぐ。狭い店に二人が麺をすする音が響く。

「お勘定お願いします」

ジーンズの男が主人に頼み、続いてミョンも勘定を頼む。

「あいよ！　お兄さんは味噌ラーメンで三五〇円、お嬢さんは餃子付きで五〇〇円ね！」

カウンターの中の主人が閉店の準備を始める。勘定を済ませたミョンが綿のコートを着ようとしている時も、男はモソモソとポケットとポケットを探っている。

「あの、本当に申し訳ないんですが、ポケットが破れててお金が落ちたみたいで……今、二〇〇円しかなくて。あの、僕、すぐそこの武蔵美《むさび》の学生で、明日、学校に来ながら必ず払います。本当にスミマセン、学生証を置いて行きます。本当に申し訳ありません」

男は神妙な表情で何度も謝っている。

「えー！　困るんだよなあー。何回もこういう事あってさ、学生証貰っても仕方ねーんだよ。困ったなあ……」

白髪の店主は男を疑っているようだ。

「決して無銭飲食とかじゃ。ここには何回か来た事が。あの、ここにお金を入れてたんです。こんなに破れてるの知らなくて。明日必ず……」

男はジーンズの後ろのポケットに手を入れて見せる。確かに指が二、三本出るくらいの穴が空いていた。ジーンズにはペンキのような絵の具のようなモノがついていて、美大生というのも嘘ではなさそうだった。証人のようになったミヨンを挟んで、カウンターの中の店主と入り口付近に立った男が一五〇円で揉めている。

「おじさん、これで」

カウンターに一五〇円を置いたミヨンが主人に微笑む。

「え、お嬢さんが払うの？　いいの？」

「とんでもない！　僕、明日必ず払いに来ますから。学制証と免許証も置いていきます」

ミヨンの親切に二人の男があたふたする。

「一五〇円ですから大丈夫です。おじさん、美味しかった。また来ます！」

店主と男にお辞儀をしながら、ミヨンが店を出ようとする。

「あの、必ずお返ししますので、差し障りなければ住所を頂けますか？　決して怪しい者じゃ。武蔵野美術大学三年の黒木《くろき》裕《ゆう》っていいます。本当にスミマセン、というかありがとうございます」

必死に謝りながらハキハキと自己紹介する青年に好感を持ったミヨンは、彼の顔をマジマジと見つめる。離れて座っている時は気付かなかったが、男はとても優しい目をしていた。メガネの奥の大きくもなく小さくもない目が綺麗《きれい》だ。

「わかりました！」

リュックのポケットから紙とペンを取り出し、「朴　美英　朝鮮大学校文学部一年」と書く。名前の上に「パク　ミヨン」とカナをふった。

「隣の朝鮮大学校の敷地内にある寮に住んでいます。もし気が向いたら正門の守衛室にでも預けて下さい。でも本当に気にしないで下さい」

「こりゃ参ったな。朝鮮大の学生さんは男子しか来ないからね。それにこんな夜中の朝鮮大生は、お嬢さんが初めてだよ。いやー、参ったな」

店の主人はミヨンの度胸が気に入ったようだ。

「パクさん、ですね。必ずお返しします」

男は、メモに書かれた名前とミヨンの顔を交互に見比べる。ミヨンは、少し無精髭《ひげ》が伸びた彼の顔を見つめる。

同世代の日本人の男の人と話すのって……たぶん小学校時代のそろばん塾以来やわ。不思議な気分に包まれる。

「私、門限過ぎてるので急ぎます。おじさん、ご馳走さま！」

「本当にありがとうございました」

髪をかきあげる男の横を通り過ぎると、微《かす》かにペンキと石鹸《せっけん》の匂いがした。汗やタバコのニオイではなく、衣類のリンスでもなく、洗剤で洗って太陽に干したTシャツと絵の具の匂いが混ざっている。

「本当に気にしないで下さい。失礼します」

戸を閉めながら、自分の口からさっき食べた餃子の匂いがしなかったかが気になった。

店を出たミヨンは、闘いに挑むようにビームに向かって歩いた。

刺すように眩《まぶ》しい光を浴びながら正門まで歩くと、守衛室にいる男子が手招きをしている。警備当番たちがひそひそ話す声が聞こえる。

「学部、学年、名前を。今日はこの時間までの延長外出許可証は一つも提出されていません。許可なく遅く帰ったんですか」

守衛窓口の男子が威圧的な朝鮮語で言う。

「……」

「おいおい新入生だぞ、優しく言ってやれよ」

奥にいる先輩男子たちの声が聞こえる。

「許可無しでこんな時間まで。大胆だな、女のくせに」

女のくせに……。

自分に落ち度があるのは自覚しているが、不快感が顔に表れるのを抑えられない。

「文学部一年、パク・ミョンです。許可なく遅くなりました」

勇気を振り絞り、大きな声でハキハキと言った。

「ああ、演劇のシンポジウムに参加してた人だね」

守衛室の外でタバコを吸っていた男性が、ミョンの方へ歩きながら微笑む。

「文学部のリ・ファミから聞いています。次からは延長外出許可をとるように。それにしてもちょっと遅過ぎるな、この辺は街灯も少ないし物騒だからね。行っていいですよ」

「え？　あ、はい」

ファミ先輩を呼び捨てにするって事は、この人四年生なんだ！

目の前の男性に全てを見透かされているような気になる。

「すみません。警備当番お疲れさまです」

ミョンは四年生らしき先輩の顔を見あげお辞儀をし、急いで女子寮に向かう。

消灯時間は過ぎている。

三〇三号室の戸を開けると、奥のベッドで小姑が咳払いをした。ダンサーがベッドから顔を出し「お帰り！」と言ってくれる。ミョンの布団の上にはメモ書きがあった。

「おかえり。ミョンは演劇シンポジウムに参加したくて一人残った事にしたよ。三〇三号室の皆さんにもそう伝えました。リ・ファミ」

俳優座劇場、ペ・ヨンジュやおキヨとの出会い、門限破り、一人ラーメン体験……。

一日でこんなにも色んな事が起こるなんて、東京って凄い！

ミョンは心の中で何度も呟《つぶや》いた。


朝礼が終わり食堂へ向かうミョンを女官が呼び止める。

「パク・ミョン！　授業に出る前に朝大委員会室に行きなさい、生活指導員が待っています。前庭に面した平屋の建物、わかりますね？」

「壁に『突撃隊』とかなんとかいうスローガンが掛かってる、グレーの建物ですよね」

深刻な面持ちで話す女官に、ミョンは笑顔で答える。

「とかなんとか、じゃありません！　入学一週間目にして許可無く夜中に帰るって前代未聞よ。恥ずかしくないの？　文学部女子の面目丸つぶれです、信じられないわ！」

声を荒立てた女官は腕組みをしながら去っていく。

朝食後、ジャージからチマ・チョゴリの制服に着替える。無色のリップクリームを唇に塗り、靴下は白の無地を選び、ポニーテールに着けるリボンも普段より小さいものにする。

「朝大委員会室に寄るから先に行くね」

ダンサーに声をかけ、部屋を出る。

コンクリート剝《む》き出しの建物。入り口に掲げられた大きなスローガンには『党中央のために命を捧《ささ》げる近衛隊、決死隊、親衛隊、突撃隊になろう！』と書いてある。聞き慣れた言葉だが、気持ちは全くついていかない。深呼吸をして、ドアをノックする。

「入りなさい」

女性の声だ。

例に洩《も》れず部屋の壁にはキム・イルソン主席とキム・ジョンイル将軍の肖像画が掲げてあり、いくつもの事務机が並んでいる。全体的にグレーな色合いの空間の真ん中に一人の女性が腕を組んで座っている。

「私が生活指導員のカン・キセンです」

ミヨンは、名前を聞いて吹き出しそうになったが堪《こら》えた。不機嫌そうな表情のカン・キセンに、自分の前まで来いと手招きされ、従う。

「丈の短い紺色チマ・チョゴリは目立つわね。いつもは色がつくリップクリームをつけてるでしょ、ちゃんと見てますよ。薄化粧も禁止だから気をつけなさい。服装や化粧に気を取られていては組織生活に集中できません」

静かな口調が不気味だ。

「本題に入りましょう。なぜここに呼ばれたかはわかりますか」

ミョンは黙って立ち尽くしている。

「わずか一週間前に入学した新入生が、外出許可無しで門限を破るなんて朝大歴史上初めてです！　朝大生としての自覚があるんですか！　女のクセに夜中に帰るなんて！」

自分に落ち度があるのは認めるが、カン・キセンのキツい言葉に戸惑う。女のクセに、と再び言われたこともショックだ。

「今週は新入生全員が十二年間総括文を書きます。今の堕落振りを徹底的に反省し、今後の目標をしっかり立てなさい。貴女《あなた》の十二年間総括には私が必ず立ち会います」

「また十二年間総括ですか？　高校の進路指導の前にありましたけど」

「レベルが違います！　ここをドコだと思ってるの！」

カン・キセンは大声を出し、荒い息を吐いた。

「……………」

「授業が始まります。行きなさい！」

ミヨンは朝大委員会室を出る。

「また十二年間総括？　立ち会う？　女のくせに……」

アレルギーを起こしそうな言葉たちが頭の中でグルグル回る。


寮の消灯時間が過ぎると、研究堂の幾つかの大教室が、学部や学年を問わず生徒が入り交じる自習室となる。私服の生徒もいるが、殆どはジャージ姿だ。

翌日が締切の十二年間総括文は、原稿用紙二十枚以上と定められていた。少しでも長い言い回しを考えながら文字数を増やそうと、一年生たちは知恵を絞っている。

「ミヨン、あとどれくらい？」

隣の机で書いているダンサーが声を掛けてくる。

「十五枚で完全にネタ切れ。生まれて来てごめんなさい、って書きたい心境よ」

「一日総括が毎日あって、土曜の夜は週総括、月末は一ヵ月総括。私たち、既に懺悔《ざんげ》のプロね」

私語厳禁の自習室で、二人は声を殺して笑う。

翌週、十二年間総括が始まった。それは全学部の一年生の部屋で夜の自習時間に行われ、学部教員や生活指導員が監督として参加する。

夕食後、勉強部屋で待機していると、カンキセンが入ってきた。折りたたみ椅子を円形に並べ全員が向き合って座る。ミョンは床に視線を落とす。

「これより三〇三号室の十二年間総括を始めます。形式を簡単に説明しますと……」

ダンサーが進行役をつとめる。当てられた人が皆の前で原稿用紙二十枚以上の総括文を読み、それについて皆がアドバイスを行い、当事者が未来に向けての決意表明をするらしい。

「順番を決めなきゃですが」

ダンサーが遠慮がちに提案する。

「私、一番目でお願いします」

早く終わってしまいたいという一心からか、ミョンが咄嗟《とっさ》に申し出た。

「じゃ、パク・ミョンさんから時計回りに進めましょうか」

ダンサーがミョンに笑いかけ、小姑はメモ帳とボールペンを用意した。女官とカンキセンもノートを開いた。

原稿用紙二十一枚に綴《つづ》った総括文を淡々と読み上げる。生まれ育った家庭環境、幼少期の思い出、民族教育の中で育《はぐく》まれた「祖国＝朝鮮民主主義人民共和国」への思い、在日コリアン社会についての認識などについて正直に書いていた。高校二年の時に「祖国」を訪問し、実の姉と再会した時の感激についても触れている。提出する総括文なので、北朝鮮訪問時の違和感や高校時代の進路指導についての不満は書かなかった。大学卒業後に演劇の道に進みたいというハッキリとした表現は慎み、念願の文学部在学中に多くを学び、将来は専門知識をもって同胞社会に貢献したいと締めくくった。

小姑が大きな音を立てながら洟《はな》をかむ。女官はノートを見ながら考え込み、カンキセンは書き込んでいたノートから目を離しミョンの机の上や本棚を眺めている。

「では、パク・ミョンさんの総括を聞いての感想や、アドバイスを述べ合いましょう」

ダンサーが事務的に言うと、小姑がすかさず手を挙げ立ち上がる。

「正直に書かれた総括文だと思います。ミョンさんが文学部を選んだ理由も丁寧に書かれていました。世間一般の女子大生ならそれでいいのかも知れませんが、私たちは朝鮮総聯の未来を担う人間です。組織の要求に比べてあまりにも呑気《のんき》な総括だったと思います。以上です」

部屋の中に沈黙が流れる。座った小姑がまた立ち上がる。

「一つ言い忘れました。ずっと気になってましたが、パク・ミョンさんの本棚には我が朝鮮文学の本が少な過ぎます。外国文学や趣味の演劇に関する本や雑誌ばかり。この大学で何を学ぶべきかを理解していない証拠です。組織生活が疎《おろそ》かになる原因もそこにあると思います」

腹底に溜《た》めていた言葉を吐いてスッキリした小姑はパイプ椅子に座り、勢い良くティッシュで洟をかむ。

「私は、はっきりと自分の目的を持ったミョンさんが羨ましく思えました。まだ入学したばかりですし、これから」

ダンサーの言葉を遮るようにカンキセンが立ち上がる。

「生温《なまぬる》い言葉を繰り返しても時間の無駄ですからハッキリさせましょう。朝鮮大学校は民族教育の最高学府であり、総聯組織を担う幹部養成機関です。組織に全てを捧げるという忠誠心は、偉大なる首領と親愛なる指導者同志が望んでおられる事なのです。一切の妥協は許されません。自分が如何《いか》なる場所に身を置いているのかを自覚し、生活の中から『倭風《ウェプン》』『洋風《ヤンプン》』を追放するよう努めなさい。今後の月末総括、学期末総括などで貴女の進展を検閲します。では、私はこれで失礼します」

カンキセンが席を立ち、部屋から出て行こうとする。

「質問があります」

座ったままのミョンが声を上げる。

「倭風洋風の意味がよくわかりません。具体的に教えて頂けますか」

驚いたダンサーは心配そうにミョンを見つめ、小姑は目を大きく見開き両手で人袈裟に口を覆った。

「倭風とは！　日本のマスコミや文化からの影響を指し、洋風とは！　欧米からの影響を言います。それらに溺《おぼ》れ堕落しないため、我が大学にはテレビもありませんしジーンズも禁止しています。革命思想で武装するうえで邪魔になるものは排除されているのです。日本の新聞、小説、専門書が許可されるとはいえ、適度にという事です。生活態度を管理監督するために持ち物検査も行います」

「検査？　個人の持ち物を調べるんですか？」

「場合によっては、です！」

部屋の空気が尖《とが》っていく。

全員がお互いの視線を合わすまいと下を向く。

「日本にいながら日本文化や欧米の影響を受けずに暮らすって可能なんでしょうか」

ミョンの声が震える。

「ここは日本ではありません！　朝鮮大学校で生活している貴女は、共和国で、すなわち朝鮮民主主義人民共和国で生きているのだと自覚しなさい！」

声を荒らげたカンキセンがミョンを睨み、ミョンは混乱した表情で彼女を見つめた。

カンキセンが部屋から出て行く。

北朝鮮で生きてる？　何言うてんのん……どういう意味？　冗談ちゃうわ！

頭の中がクラクラする。今聞いた言葉が耳鳴りのように反復され全身を覆う。

ダンサーが休憩を提案する。誰の顔も見たくないミョンは屋上へあがる。誰もいない。取り込まれていない洗濯物が風に揺れている。ミョンは薄明かりのライトに照らされた色が剝げたベンチに座る。高層ビルがない武蔵野の空に星がたくさん光っていた。

深呼吸をしながら空を見上げる。

私でいるしかないやん。アホらし！

笑おうとするのに涙がこぼれる。心臓がバクバクし、体中から拒絶感が溢れ出る。

「見つけたよ」

屋上のドアから顔を出したダンサーがミョンの横に座った。

「ミョンは正直だね。カンさん相手にド直球びゅんびゅん投げるんだもん、ハラハラしたよ」

「……ごめん」

「でもさ……ここは日本だよ」

ダンサーの言葉にミョンが小さく頷く。

「総括、早く終わらせちゃお。行こ」

ダンサーに手を引かれながら部屋に戻る。

夜十一時を過ぎてやっと三人の総括が終わった。

洗面を済ませベッドに上がると、隣の部屋の聖子ちゃんがドアを開ける。

「今日の郵便、遅くなりましたー。三〇三号室は、葉書が二枚と手紙」

聖子ちゃんは鼻に皺を寄せて笑いながら、手紙を受け取るミヨンの顔をマジマジと見上げる。

少し大きいアイボリー色の封筒に「文学部一年　朴 美英 様」と漢字で書き「パク ミヨン」とフリガナまでつけてある。

「ああ！」

差出人の名前を見たミヨンは、思わず声を上げた。聖子ちゃんの好奇心に満ちた目をよそに、ベッドのカーテンを閉める。封筒の中に可愛い猪のイラストが描かれた小さなお年玉袋、その中に一五〇円が入っている。アイボリーの無地の便箋《びんせん》を広げると、大きくしっかりとした文字が鉛筆で書かれている。シャープペンシルではなく、少し濃い芯《しん》の鉛筆だ。絵の具がついたジーンズやメガネの奥に見えた優しい目を思い出す。太陽に干したTシャツの匂いが甦ってくる。

「前略
突然お手紙を差し上げます。覚えていらっしゃいますか？　一週間ほど前、バス停前にあるラーメン屋「十番」でお金を借りる事になってしまった黒木裕です。あの時は本当に助かりました。その二日後に朝鮮大学校に伺ったのですが、守衛室にいた方々と上手く意思疎通が出来ず諦めて帰りました。女子寮はどこですか、と訊いたのですが、寮を訪問する目的や面会したい学生との関係など色々と質問され、パクさんに迷惑がかかってはいけないと思い引き返しました。お借りした一五〇円をどうやってお返ししようかと色々悩み、郵送する事にしました。無事に届くか気になるので、受け取られたら連絡頂けますか。お手数ですが宜《よろ》しくお願いします。
今思い出しても顔から火が出そうなほど恥ずかしい夜でした。本来なら直接お礼をお伝えしたいところですが。本当にありがとうございました。

早々
武蔵野美術大学3年　黒木裕
東京都武蔵野市吉祥寺南町2―15―x x―201

丁寧な文章から黒木裕という青年の律儀さが伝わってくる。何よりも朝大の正門まで一五〇円を届けに来てくれた事がありがたかったし、質問攻めにあった彼が気の毒に思えた。濃い鉛筆で書かれた大きな文字を眺めながら、手紙を受け取ったことを伝えるすべを考える。

「消灯時間です！　部屋の灯りを消しなさい！」

各学部の生活指導員たちの声が寮内に響き渡る。ミヨンは手紙と財布を握りしめ、ベッドを下りて部屋を抜け出し正門横に並んだ電話ボックスを目指し走り出す。

消灯後から電話ボックス前には長蛇の列が出来るという噂は本当だった。出身地に残して来た遠距離恋愛の相手や友人と話しているのだろうか。大学内で唯一、電話ボックスの中では日本語が許された。

ミヨンは右端のボックスの前に並んだ。

日本人の男性の家に電話をかけるのは生まれて初めてのこと。深夜にというのも非常識に思え、翌日掛け直そうかと考える。でも昼間は授業が詰まっているし、せっかく並んであと一人で順番が来ると思うと引き返すのが惜しい。

テレホンカードと硬貨の有無を確かめながら日本語の敬語での会話を頭の中で反復

する。

列に並んで四十分が過ぎた頃、やっと順番が回って来る。テレホンカードを電話機に差し込み、便箋に書いてある番号に沿ってプッシュボタンを押す。

九回目の着信音が鳴り受話器を置こうとした瞬間、男性の声が聞こえる。

「はい、もしもし」

「あの、こんな時間に申し訳ございません。黒木さんのお宅ですか？　私あの、パク、と」

「パクさん？　パク・ミヨンさんですか？　黒木です」

「あ、はい。パクです、どうも」

ミヨンは心の底からホッとする。

「あの、遅くにスミマセン。寮の規則が色々あって電話出来る時間が……」

「とんでもない。あの時はありがとうございました、カッコ悪過ぎて忘れて頂きたいくらいですけど」

「お手紙、今日届きました。こんな時間だから、ご家族の方が電話に出られたらどうしようかと。よかった……」

「ああ、僕、一人暮らしですから。ヘッドホンつけてたんで、着信音聞き逃すところでした」

「大学の門まで来て下さったんですね、スミマセンでした」

「改めて直接お礼を言いたかったんですが。警備の人たちに不審者だと思われたかもですね。僕を囲んで朝鮮語で話してました。いきなり女子寮はどこですか？　って訊いたのがまずかったかな。はは」

ミヨンもつられて笑う。ラーメン屋での繊細そうな印象よりもハキハキと明るく話す彼に好感を持った。

「色々訊かれたんですか」

「まあ。誰に会うとか、目的とか、関係とか、面会の約束はしてるのか、とか……」

「何て答えたんですか」

「友人に渡したいモノがあると言いました、パクさんの名前は出してません。日本人の訪問者は珍しいんでしょうか、僕も戸惑っちゃって諦めました。女子大じゃないのに厳しいんだな、って少し驚きましたけど」

「ええ、色々とルールが多くて」

説明のしようもなく、ミヨンはテレホンカードの残高の数字を見つめる。

「寮の部屋に電話があるんですか？」

「いいえ、外の電話ボックスです」

「え？　外からですか？　わざわざありがとう」

四十分も列に並んだとは言えないが、「わざわざ」と言ってくれたことが嬉しい。

「もう眠る時間ですよね、本当に遅くにスミマセンでした」

「いえ。今、引っ越しの荷造りをしていて」

「引っ越し、ですか？」

「来週からニューヨークに行くんです。その前に実家に荷物を送ろうと思って。アーティスト・イン・レジデンスっていう、一年間ニューヨークの美術館に住み込みながら作品をつくるプログラムなんです。学生だから無理だろうと思ってましたが運良く補欠繰り上げで。ラーメン屋に行った日も、作品履歴のファイルを作ろうと、夜まで大学で写真撮ったりしてた帰りだったんです」

「ニューヨーク、ですか。凄い、ですね……」

「僕三年だから卒業制作について考えてるんですけど、色々スランプで。いい深呼吸になると思います。ニューヨークから戻ったら、また三年生からやり直しですけど」

「はあ。凄い、ですね……」

返す言葉がない。東京が凄いのか、ニューヨークが凄いのか、黒木裕が凄いのかさっぱり解らない。日本で生まれ育った同じ世代なのに、日本人と朝鮮人の住む世界はこんなにも違うんだと思い知らされているようだ。

「いつから行かれるんですか」

すね」

「三日後に出発です。日本に戻ったらまたラーメン屋さんでバッタリ会えるかも、で

「はあ。あの、ニューヨーク、お気をつけて」

「どうも。電話下さってありがとうございました」

「遅くに失礼しました」

「パクさんもお元気で。おやすみなさい、さようなら」

ピーピーピーッと音が鳴りテレホンカードが出て来る。電話ボックスの固いドアを押しながら外に出ると、「外界」から「塀の中の世界」に戻ったような錯覚に襲われた。自分が見ている空はどこに繋がっているんだろう？　ニューヨークってどれくらい遠いんだろう？

黒木裕の生き生きとした声を思い出す。淡々と語ってはいたが未知なる世界へ挑戦する意気込みが溢れていた。数時間前までの自分は、あやふやな記憶を辿《たど》って小中高の十二年間を根掘り葉掘り思い出し、心にもない自己反省を並べ立てたばかりだ。薄い塀を隔てた隣の大学に通う青年は、地球の反対側で学ぶための支度をしているという。ミョンは心の整理がつかないまま、足音を潜めて寮の階段を上がり部屋に戻った。

ベッドに入ったミョンはふと、高校時代に読んでいたファッション誌にあったスナップ写真を思い出す。ニューヨークのキャリアウーマンたちはスーツにジョギングシ

ューズで出社し、会社でハイヒールに履き替えると紹介されていた。肩パッドが入ったマニッシュなスーツに身を包み、ジョギングシューズでウォール街を颯爽《さっそう》と歩く女性たちが写っていた。

黒木裕の「スランプ」という言葉を思い出す。どんなスランプが彼を遠くへ旅立たせるのだろう。ありったけの想像力を駆使し、絵の具がついたジーンズ姿で大学に通う「お隣」の大学生活を想像してみた。

第二章　一九八四年、二年生の夏

太陽の光がコンクリートの校舎と中庭を照らしつけている。寮にも教室にも冷房はない。制服のチョゴリは夏も長袖なので一日中汗がにじみ、白い綿の生地が背中から腕までの肌に張り付く。ミヨンは、退屈な言語学概論の授業が終わると、寮に戻って私服に着替え、革のリュックに外出許可証を入れた。ローファーを履きながら見ると、下駄箱の上に自分宛の手紙が置いてある。

アイボリーの封筒の裏に書かれた名前が懐かしい。封を開けようとするが思いとどまった。時間を確かめ、手紙を摑《つか》んだまま正門まで走り、守衛室の窓口にブルーの外出許可証を預ける。

「観劇のため、延長外出です」

乗降中のバスに飛び乗り窓際の席に座る。濃い鉛筆で書かれた大きな文字を指でなぞり、手紙の封を開ける。

「パク・ミヨンさま
覚えてますか？　ラーメン屋で会い、一五〇円をお借りし、電話でお話しした黒木です。あの時はありがとうございました。

ニューヨークで一年過ごし日本に帰って来ました。時間がなくてゆっくり書けないのですが、一度電話を頂けますか。僕から電話する方法は無いように記憶しています。

突然スミマセン。電話、待ってます！

黒木 裕
tel 0422―83―20xx」

放課後のバスは空《す》いている。

ミヨンは、破れたジーンズとメガネの奥の優しい目を思い出しながら、黒木裕が自分からの電話を待っている理由を考える。バスを降りてからは無意識のうちに公衆電話を探していた。

国分寺から中央線に乗り、吉祥寺で井《い》の頭《かしら》線に乗り換える。下北沢に着くと本多《ほんだ》劇場まで走り、当日券の列に並んだ。立ち見席だと思っていたが、招待席にキャンセルが出たらしく、S席のチケットを買う事が出来た。

加藤健一《かとうけんいち》事務所公演「ちいさき神の、つくりし子ら」。

ブロードウェイでも話題になった脚本だ。チケットを手にしたミヨンは、幸せな気持ちで公衆電話を探す。劇場近くのタバコ屋さんの前に緑の公衆電話があった。リュックから手紙を取り出し番号を確かめ、テレホンカードを差し込みプッシュボタンを押す。五回ほど呼出音がなって男性の声がした。

「はい、黒木です」

「あの、お手紙頂いたパク、ですが……」

「パク・ミヨンさん？　電話ありがとうございます！　不躾《ぶしつけ》な手紙送っちゃってスミマセン、どうしても話したい事があって。いや、なんていうか、大した事ではないんですが。ニューヨークで色々あって、えっと、何から言えばいいのかな……今、大学ですか？」

　とっ散らかったような黒木裕の声が可笑《おか》しい。

「いえ、芝居を観に下北沢に来ています」

「下北、ですか……あの、いつか時間貰《もら》えたら少し話がしたいんですけど。いや、急がないです。急用でもないし、本当に大した事じゃなくて。でも、もし良かったら、いや是非、いつか世間話というか、ニューヨークの話になっちゃうんですが。別にこれ、ナンパとかじゃなくて……」

「はい……」

「何の芝居観るんですか？」

「『ちいさき神の、つくりし子ら』っていう作品です。加藤健一と熊谷真実《くまがいまみ》の出演で」

「そうですか……あの、やはり僕からは寮に電話できないんですよね」

「すみません」

「また電話もらえますか？」

「はい。改めてお電話します。また夜遅くなるかもですが……スミマセン、芝居が始まるので」

「ああ、スミマセン。夜遅いのは大丈夫です、連絡待ってます。芝居、楽しんで下さい。電話ありがとう。さようなら」

「さようなら」

ドラマや映画で聞き慣れてはいるが、言い慣れない言葉だ。コミュニティ内での挨《あい》拶《さつ》は朝鮮語が殆《ほとん》どなので、「さようなら」という日本語に生活感がないことに気がつく。黒木裕の「さようなら」が耳に残った。

タバコが並んだガラスケースの向こう側に座っているお婆さんと目が合った。自分の心の中を見透かされているような気がする。体の向きを変え、急いで本多劇場に向かおうとしたが立ち止まる。タバコ屋のお婆さんは、麦茶を飲みながら扇風機の首を自分に向けてまたミヨンを見た。躊《ため》躇《ら》いを捨て、深呼吸をする。リュックにしまった手紙を取り出し、テレホンカードを差し込んでプッシュボタンを押す。数回の呼出音の後、黒木裕の声が聞こえた。

「黒木さん！　パクです。あの、今日でもいいですか？　今から会いませんか？」

咄嗟《とっさ》に出た自分の言葉に驚きながら、ミョンは続ける。

「当日券で観るつもりだったんですけど、まだチケットも買ってないし。私、どこへ行けばいいですか？」

黒木裕は待ち合わせ場所に国分寺を指定した。駅の近くに行きつけの喫茶店があるという。

「わかりました、国分寺駅の南口改札ですね」

電話を切ったミョンは本多劇場まで走り、当日券売り場に一人で並んでいる人を探した。

「急用が出来て観られなくなったんですけど、チケット買って頂けませんか」

ミョンに声を掛けられた女性はS席という文字を見てとても喜んだ。

「ありがとうございます！」

チケット代のお礼を言って駅まで走り、井の頭線に飛び乗る。帰宅ラッシュで電車の中は身動き出来ないほど混んでいる。梅雨が明けたのに今にも降り出しそうなほど湿度が高い。吉祥寺で満員の中央線に乗り換え国分寺に着いた頃には暗くなっていた。

延長外出許可をとっておいて良かったと心から思った。ミョンはいつも北口改札から出てバスに乗るため、南口改札を通った事がない。初めて降りた南口は北口より店が少なく、改札の前に木々が茂っている。キョロキョロと辺りを見回していると後ろから名前を呼ばれる。

「パクさん、ですよね？」

振り向くと、ジーンズに白いTシャツ姿の黒木裕が立っていた。

「スミマセン、僕の方が遅くなってしまって。芝居、大丈夫ですか？　なんだか悪いな」

「私こそ、いきなり今日会いませんか？　なんて、すみません」

「とんでもない、嬉《うれ》しかったです。あの、ほんやら洞《どう》って店知ってます？」

「南口は初めてで」

「そうですか。店はこっちです」

二百メートルくらい歩くと、左手に蔦《つた》が絡まった山小屋のような店が現れた。黒木裕がドアを開け、ミヨンを先に中へ入れる。

「あら！　いらっしゃい」

カウンターの中にいる、オーバーオールを着た華奢《きゃしゃ》な女性が笑顔で迎える。

「こんばんは。テーブル席、いいですか？」

黒木裕はカウンター席に座った常連らしき客たちに会釈しながら、今日はそっとして欲しいというような合図を送る。客たちとオーバーオールの女性が冷やかすように笑う。

　窓側にある二人用のテーブル席に座ったミヨンは、壁に貼ってある演劇や音楽ライブのポスターに目を奪われる。本棚に飾ってあるブリキの玩具《おもちゃ》が本物であることにも感心する。

「僕の隠れ家です。一日中居座ってても文句を言われない、ありがたい店なんです」

　二人が見つめ合って笑う。

「いつも一人なのに、珍しいわね」

　メニューを持ってきたオーバーオールの女性は、ミヨンに満面の笑みを向ける。

「こちら朝鮮大学校文学部のパク・ミヨンさん。えっと、この店のオーナーの」

「ペニーですっ！　武蔵美や津田塾の学生さんは来るけど、朝鮮大のお客さんは初めてかも。宜《よろ》しくね」

　朝鮮大と紹介され身構えたミヨンは、ペニーさんの気さくな反応にホッとする。ブロンドに染めたカーリーヘアが似合うアーティストのような風貌《ふうぼう》のペニーさん。ニックネームの由来は米ドル最小単位の一セントだという。日本語なら「一円玉ちゃん」のようなニュアンスだ。

「僕は、アイスコーヒー」

「私もアイスコーヒーを」

　ペニーさんは黒木裕の肩をたたいて、カウンターの中へ下がる。ミョンには、日本人の青年と喫茶店で向き合っているという状況が非現実的でドキドキしていた。

「突然、電話下さい！　なんて手紙出したりして、すみませんでした。お会いするのはラーメン屋の時以来だから、一年ちょっとぶり、ですよね」

「私こそ、今日会えますか？　とか言っちゃって」

　照れながら髪をかきあげる黒木裕の仕草は、一年前と変わらない。メガネの中に見える優しそうな目が奥二重だと知る。

「いつ日本に戻られたんですか」

「二週間前です。休学にしていたのでまた三年から始めるということで、大学での手続きを済ませたりアパート引っ越したり。やっと落ち着きました」

「ニューヨーク帰りって、なんか凄《すご》いですね」

「一年、あっという間でした。パクさんに話したいと言ったのは……何ていうか、まとまらないんですけど……向こうで色々な人に会ったんです。同じプログラムの作家たちだけじゃなくて、ニューヨーク在住の韓国人アーティストとか、英語学校での多国籍なクラスメイトとか、華僑《かきょう》の人とか、日本語を話せない日系ブラジル人三世とか……で、何度かパクさんを思い出す出来事があって。いや、お金が足りなくて食堂で困ったとかではないんですけど」

　ミョンは、聞きなれない多様なカテゴリーに圧倒されながら、話について行こうと必死だ。

「滞在してた美術館の近くに韓国料理屋があって。日本のうどんや丼《どんぶり》もあって、よく行ってました。オーナーの呉《オ》さんは、福岡生まれの在日二世でした。日本に住んでいた頃、民族差別が酷《ひど》いんで自分が韓国人だとバレないように日本名を使いながら暮らしていたそうです。教育学部を出て教員採用試験に受かった後、外国籍じゃ教員になれないって知らされて、バカバカしくなって日本を離れたそうです。アメリカに来て初めて韓国名を使い始めたらしいんです。日本で本名を名乗ることはご両親に禁じられていたそうです、ろくな事ないからって。で、僕が、日本にいる時に普通にスラスラっと韓国名を名乗る人に会った事があるっていったんです。パクさんのことです」

「え？　ああ、はい」

「そしたら呉さんがビックリしながら目を真っ赤にして……その女の子勇気あるな、自分にはそんな根性なかったって言ってました」

「…………」

　ミョンの表情がだんだんと険しくなった。

「どうかしましたか？　僕、何か失礼なこと」

「いえ」

「彼はパクさんのことを褒めたんですよ」

「ええ、それはわかってますが……」

　沈黙が流れる。

　トレーを持ったまま立っていたペニーさんが二人の前にアイスコーヒーを置く。

「その時、言葉につまっちゃって。僕、パクさんの勇気なんて考えもしなかったし、ラーメン屋で当たり前のようにメモを貰ったことが申し訳なく思えて。僕が何も知らなかった事がパクさんに失礼だったような気がしたんです。日本を離れてみて、自分の居場所がないってすごく心細かったし、マイノリティとして理不尽な目に遭うってことも体験して。美術の世界でアジア人に対する差別に悩んでる人けっこういて、色んな話聞いて。上手《うま》く言えないけど、パクさんと話がしたいって思ってました。あの、僕、失礼なこと言ってなければいいんですが」

　ミヨンは首を横に振った。

「一年前、私は嬉しかったです。黒木さんがラーメン屋さんで私の本名に驚いたりもせず、普通の名前として受けとってくれて、心からホッとしたんです。いつもは何度も聞き返されたり、日本名は無いんですか？とか言われますから」

　二人はストローをさし、アイスコーヒーを飲んだ。

「今、その呉さんの話を聞いて思ったのは……」

「遠慮なく言って下さい」

「呉さんは、自分の名前を言えなかったんですよね。どれほどシンドイ人生だったのかな、と思って……。呉さんは、民族学校に通って当たり前のように本名を使ってきた私にはわからない苦労をなさったと思います。本名宣言っていう言葉があって。正直に自己紹介するために、生きるか死ぬかくらい悩むと聞きます。日本の学校に通う在日にとっては避けられない問題で」

「なるほど。呉さんは具体的に何があったかは言ってくれませんでした。でもその日以来、料理をたくさんオマケしてくれて助かりました」

　黒木裕は懐かしそうな表情で笑った。

　ミヨンは日本を飛び出した呉さんの勇気について考えていた。

「時間大丈夫ですか？」

「今日はまだ少し大丈夫です」

　朝大の規則について説明出来るはずもない。観劇を理由に延長外出許可をとって出て来たミヨンは、中途半端な時間に帰るわけにもいかなかった。

「お腹すきませんか？　ここ、カレーが絶品なんです」

「ペコペコです」

リラックスした笑い声が二人の距離を縮める。黒木裕は姿勢をくずし足を組んで座り、ミヨンはテーブルに肘《ひじ》をついた。

「ペニーさん、チキンカレー二つ。僕のは大盛りで！」

二人の話題は映画や音楽、演劇に移っていく。

「けっこう共通の音楽聞いたり映画観たりしてますね。でも当たり前か、日本で生まれ育った同世代なんだし。百恵《ももえ》&友和《ともかず》シリーズやスターウォーズを全部観てたってのはビックリしました。パクさん相当な映画ファンですね」

「洋画が主ですけど、日本映画はATGが好きかな。制服のまま大阪の名画座に毎週通ってました」

「知ってます、その制服。上着が短いですよね。ちょっとエキゾチックっていうか」

「私は、セーラー服着てみたい派でした」

「そうなんだ、意外だなあ。芝居はよく観るんですか」

「東京で上演されてる舞台を全部観れたら嬉しいんですけど」

ミヨンは店の壁に貼ってあるポスターを眺める。

「天井桟敷《てんじょうさじき》の人々か。キネ旬で、日本公開外国映画史上一位だったらしいですね。僕、いつも見逃してます」

「三時間以上あって長いんですよね。私も観そびれてます」

二人がポスターに見入っていると、ペニーさんがカレーを運んで来た。

「あれは必見だよ。でもハッピーエンドじゃないからデートには向かないかな」

二人の顔つきが真剣になる。吹き出しそうになったペニーさんは笑いを堪《こら》えながらカウンターの中に戻った。

二人はスパイスが効いたカレーを黙々と食べる。黒木裕の額や首筋に汗が滲《にじ》む。ミヨンがリュックからハンカチを出して差し出すと、黒木裕は恐縮しながら受け取り汗を拭《ふ》く。そのうちミヨンの額や首筋も汗ばんでくる。彼は申し訳なさそうにハンカチをミヨンに返そうとしたが、ミヨンは首を横に振り手の甲で汗を拭《ぬぐ》う。大盛りのチキンカレーを食べながら黒木裕はドンドン汗をかき、木綿のハンカチはぐしゃぐしゃになっていく。カレーを食べる間、二人は言葉をかわさなかった。ただお互いの食べる姿を見ながら微笑み合った。

ほんやら洞を出る頃には最終バスに間に合うギリギリの時間になっていた。

二人はバス停まで並んで歩きながら、夢中で映画の話をする。お互いが試験勉強をサボってベルトルッチ監督の「1900年」を観ていたことが判明した頃、バス停についた。

停留所には出発時刻を待つバスが止まっている。ミヨンには、バスの中にいるかもしれない朝大生の視線が気になる。

「もう大丈夫です。ありがとうございました」

「ああ、そうですね。じゃ、気をつけて」

ミヨンがバスに乗り込むと、顔見知りの朝大生たちが最後尾の席に座っている。前方の席に座り窓の外を見ると、黒木裕が同じ場所に立っていた。ミヨンが小さく手を振って頭を下げると、黒木裕も小さく手を振る。

バスが出るまであそこに立ってはるんやろか……。

ミヨンはリュックから「ぴあ」を出し、紙面に目を落としたまま、バスが動き出すのを待った。

「やっぱり一緒に行きます！」

息を荒らげた黒木裕が勢いよくミヨンの隣に座る。ピー！っとブザーが鳴ってドアが閉まり、バスが出発する。

「すみません、僕も朝鮮大で降りて……鷹の台から帰ります。電車まだあるし、たいした遠回りじゃないし……」

黒木裕は息を静めようと深呼吸を繰り返す。ミヨンは驚き戸惑いながらも、顔がほころんでしまうのが恥ずかしい。

「あ、『ぴあ』ですね」

「いつも持ち歩いてて。大学では『歩くぴあ』って呼ばれてます」

「はは。ちょっといいですか？」

黒木裕がミヨンの膝《ひざ》の上の「ぴあ」を取り上げ映画のページを開く。ミヨンは窓の外を見たり、「ぴあ」の誌面を覗《のぞ》いたりしながらも、後ろの席の朝大生が気になる。

「あっ！　文芸坐《ぶんげいざ》でやってる！」

「え？」

「天井桟敷の人々、です。池袋《いけぶくろ》の文芸坐で上映中です。時間は……」

二人は顔を見合わせ、「ぴあ」の紙面を覗き込む。

「日曜日だったら……二時スタートだ」

ミヨンが微笑みながら大きく頷《うなず》く。

「ありがとう」

何度も「ありがとう」を言う人だな、とミヨンは思った。繊細そうなのに大胆な行動力がある黒木裕を頼もしく思った。

「パクさんと連絡は……以前、外の電話ボックスまで行くとか聞いたような気がするんですけど、何だか申し訳なくて。でも、いつでも、夜中でも早朝でも、電話して下さい」

「はい、そうします」

「学校は隣同士なのに僕からの連絡手段は手紙だけか……何だか中世みたいですね」

二人は声を出さずに笑った。

「朝鮮大学校」でバスから降りた二人は、反対方向に歩きながら何度も後ろを振り返る。

奥の席にいた三人の朝大生たちは大学に向かって急いで歩いて行った。

ミョンがビームを浴びながら大学構内へ入ると、守衛室の小さな窓から当番の男子が外出許可証を差し出す。

「文学部、パク・ミョンさんですね」

「はい。ご苦労さまです」

隣の大学に知り合いが出来ただけなのに、小さな後ろめたさを感じる。罪悪感ほど重くもないが、小さな不安が背中から覆いかぶさってくる。学内の空気の中に浮遊する針が自分を狙うようでいたたまれない。考えすぎ、と自分に言い聞かせても、さっきまでのトキメキを取り戻すことはできない。

誰にも邪魔されたくない秘密を持った気がする。咎《とが》められるかもしれないと一瞬思ったが、そんな筋合いはないと心の中で打ち消す。ミョンは、今まで感じたことのない心の揺れに驚きながら、鷹の台駅までの暗い並木道を一人歩いているであろう黒木裕の姿を心に描いた。

寮の部屋に戻ると、ルームメイトたちが「一日総括」を始めようとしていた。

「今帰ったの？　ちょうど総括の時間よ。早く座れば？」

小姑《こじゅうと》が招き入れてくれた。

「早くやっちゃいましょ」

ダンサーの言葉に、ミヨンは急いで椅子に座る。

一日を振り返り、何か反省することを無理にでも探して、懺悔《ざんげ》するような口調で各々が述べる時間だ。

「では班長の私から。今日の放課後、舞踊部の練習中に日本語を使ってしまいました。腕や足の細かい動作を説明する時につい……明日から朝鮮語一〇〇パーセントの生活を目指します」

ダンサーが手短に終える。

「今、植民地時代の『抗日武装闘争文学』を読んでいますが、作品に出て来る闘士たちの姿に感動しています。彼らに比べて私自身のキム・イルソン首領様に対する忠誠心がいかに未熟かを反省しています。明日からはもっと気を引き締め革命的に生活し、心身共に自分を鍛錬していこうと思います。まず、毎日の政治学習時間に首領様の著書を読むだけではなく、心に残ったお言葉を抜粋して書き写そうと決心しました。クラス全体で『首領様のお言葉を写生する運動』を行ってはどうか、提案しようと思います」

新しい革命的課題を見出《みいだ》した小姑は満足そうだ。おそらく提案は通るだろう。近々、毎晩のように「お言葉」を書き写す課題を押し付けられるのは明らかだ。ミョンはウンザリした気持ちで無難な懺悔ネタを探した。

「今日は延長外出しましたが、明日以降の授業の準備がおろそかにならないようにします」

「これで一日総括を終わります」

ダンサーが間髪を容《い》れず事務的に締めくくる。

〝外界〟で深呼吸をしたミョンは、組織生活という檻《おり》の中へ引きずり込まれ酸欠になりそうだ。二年生になり、大学の環境にますます順応していく同級生たちが不思議に思える。

机の上にホッチキスでとめた楽譜がある。

「ミョンは聞いてないよね。明日は授業がなくなったの。大学全体で、朝から晩まで歌の練習するんだって。来週、全学生参加の発表会があるらしいの。なんか急だよね」

ダンサーが頼りなく伝えた。

「総聯中央の議長先生が直々に作詞なさった歌を各学部が練習して発表するんですって。議長先生が大学まで観覧にいらっしゃるかも、って聞いたわ。緊張するなー。それにしても何曲も素晴らしい作詞をなさって、多才でいらっしゃるわよね」

小姑が感動しながら語っているが、ミョンは釈然としない。

「全学生が授業も受けずに歌の練習をして、作った本人の前で発表会するってこと？なにそれ」

「明日は運動外出も禁止。午前中はクラスごとに歌詞を覚えて練習し、午後は一年生から四年生までが集まって学部単位で練習するんだって。一日中歌の練習よ」

ミョンの脇腹を肘で小突きながら、ダンサーが説明する。

何様のつもり？　キム・イルソンじゃあるまいし！

声に出さず心の中で反復すると腹立たしさが増した。ミョンはますます苛立《いらだ》った。

机の上の楽譜には偉大なる指導者と組織を誉《ほ》め称《たた》える歌詞が溢《あふ》れている。

「いくら議長先生でもやり過ぎじゃない？　職権濫用っていうかさあ……」

ダンサーが唇に人差し指をあててミョンの言葉を遮った。

「言葉を慎みなさい、ここを何処だと思ってるの？」

小姑に睨《にら》まれた。

ここが何処なのか、何をする場所なのか、どんどん解らなくなっていく。ミョンは、与えられる課題に疑問を持たない小姑が羨《うらや》ましくさえあった。

名作のリバイバルとあってか、日曜日の文芸坐は立ち見客が出るほどだ。三時間以上の上映が終わり蒸し暑い外に出ると、全身から汗が吹き出す。

「パクさん、映画観ながら何度もため息ついてましたね」

「結ばれなかったですね、ギャランスとバチスト。あんなに想い合ってるのに……」

「ハッピーエンドじゃないって、ペニーさん言ってたじゃないですか」

「そうだけど……結ばれて欲しかったです」

「まあ、映画ですからねえ」

「……色々考えてたらお腹空いてきちゃった。私、ほんやら洞のカレーが食べたいです！」

「いいですね。パクさんの大学に近い方が門限時間前まで一緒にいられるし。いや、あの……たくさん話が出来るかなって」

黒木裕が照れくさそうに頭をかく。

「私も黒木さんとたくさん話したいと思って……日曜日の門限は夜八時なんですけど、

十一時まで許可貰っちゃいました。こんなのがあるんです」

ミヨンがリュックのポケットからブルーの外出許可証を出して、黒木裕に見せる。

「朝鮮語？　何て書いてあるんですか？」

ミヨンは、外出許可証、氏名、日付、時間、外出目的、印鑑など、表紙と中のページに記された全ての朝鮮語を訳した。

「こりゃスゴい……厳しいんですね。こんなに大変だなんて知らずに誘っちゃって。すみませんでした」

「いえ、嬉しかったです！　何かと厳しくて……ちょっと変な大学なんです」

二人はお互いを気遣い、頑張って笑った。


日曜日の国分寺駅周辺には朝大生たちが多くいた。

歴史地理学部二年生のキム・ミナがミヨンを見つけ手を振りながら走ってくる。英語や政治経済学など、大教室での合同授業を一緒に受けるので顔見知りだ。

「ミヨン！　大学まで一緒に帰らない？」

東京弁アクセントの朝鮮語で話すキム・ミナは、ミヨンが一人だと思い込んでいる。

「私、まだ……」

ミヨンの一歩後ろに黒木裕が立ち止まった。

「あ、ごめん。ミョン一人だと思って」

「えっ？　ああ……」

ミョンと友人らしき女性が朝鮮語で話しているのを、黒木裕が注視する。

「アンニョンハシムニカ。ミョンとは学部違いの同期でして」

キム・ミナが黒木裕に朝鮮語で話しかける。

「こんにちは」

黒木裕は半信半疑ながら日本語で挨拶を返し少し頭を下げる。

「えっ?!　ああ、ごめんなさい。てっきり朝高出身のお友達だと思って」

日本語の挨拶に驚いたキム・ミナは、ミョンと黒木裕の顔を交互に見る。

「日本学校出身のお友達なのね。もしかして、留学同（在日本朝鮮人留学生同盟）の方？」

「私、今日は延長外出許可取ってるから……」

「あ、そう。じゃ、先に帰るね。アンニョン！」

キム・ミナは好奇心に満ちた表情で何度も振り返りながら、国分寺駅北口改札に向から。ミョンと黒木裕は黙って南口改札に向かった。

「もしかして、全校生徒がバイリンガル？」

「小学校から授業は全て朝鮮語だから。でも発音は変な筈《はず》です、教員も学生も日本生まれだからネイティブのようにはならないんです」

「でもペラペラって感じでしたね」

「一応……」

「なんかカッコいいなー」

「インターナショナルスクールの朝鮮語バージョンみたいなもんかな、強引なたとえですけど」

「なるほど。言葉は身につきますね」

「いきなり朝鮮語でビックリしたでしょ、ごめんなさい」

「いえ、面白かったです。そうだよな、朝鮮人と日本人って黙ってると見分けつかないですよね。パクさんが朝鮮語で話してて新鮮でした」

ミヨンは、〝歩くワイドショー〟と呼ばれるキム・ミナが二人のことを言いふらさずにいて欲しいと願った。

「で、映画、どうだった？」

ペニーさんがチキンカレーを出しながら訊《き》く。

ミヨンは、胸に突き刺さったセリフやシーンがフラッシュバックし、切なさが込み上げる。映画の感想を語ったかと思えば暫《しばら》く考え込んだりを繰り返しながら、物語に感情移入しすぎて困惑していた。

「早く食べないと冷めちゃうよ」

ペニーさんが煙草に火をつけながら自分のグラスにビールを注ぐ。煙草とグラスを一緒に持つ細い指先には深いモスグリーンのマニキュアが鮮やかだ。

いつの間にか、六席あるカウンターは常連客で埋まり、ビールやワインのボトルも並んだ。

ペニーさんが常連たちにミヨンを紹介する。皆は「パクさんね」と言いながら、漢字でどう書くとか、朝鮮半島には比較的多い苗字だとか話している。

「あの、出来れば下の名前で呼んで頂けますか?」

皆がミヨンに注目する。

「大したことじゃないっていうか、どっちでもいいんですけど。出来れば……」

「ミヨンさん、でいい?」

ペニーさんが笑顔で訊く。

「はい! ミヨン、でお願いします! 朝鮮の名前は苗字の種類が少なくて、だからパクさんもたくさんいて。ミヨンのほうが自分のことを呼ばれてる気がするっていうか……」

「へー」

常連たちが一斉に声をそろえる。

自己紹介をする客たちにミヨンが頭を下げ、一通りの挨拶が終わった。

「……ありがたいです。皆さん、私を普通に受け入れて下さって……」

ミヨンが独り言のようにポツリと言うと、黒木裕が首を傾げる。

「誰も、日本名は？　とか聞かないし。普段、名前をいうたびに、日本名はないんですか？　って必ず聞かれるんです。買い物したお店でメンバーズカードつくる時とか。ある日、しつこく聞かれたので、ビリー・ジョエルにも同じ事聞きますか？って言ったら店員さんポカーンとしてました……」

一瞬静まり返った常連たちが大笑いする。

「高校の時、ウェイトレスのバイト面接でも、最後には決まって名前で断られて」

「まったく、失礼な話ね」

ペニーさんは吸っていた煙草を灰皿に荒っぽく押し付け、また新しい煙草に火をつける。

「差別とかじゃなくて、お客さんが嫌がるのよってよく言われました」

「バイト、出来なかったんですか？」

黒木裕が心配そうに訊く。

「同じ理由で三軒断られて、もう疲れちゃって。四軒目の面接で私が履歴書出しながら、日本名を使いますから雇って頂けますか？って言ったんです。そしたら店のマスターと奥さんが……」

「何言われたの？」

ペニーさんの顔が更に険しくなる。

「美英と書いてミヨンと読むんですね、せっかくご両親が素敵な名前を下さったのに大切にしなきゃダメですよ、っておっしゃって……私、恥ずかしくて嬉しくてポロポロ泣いたんです。そのお店ではとてもよくして頂きました」

ペニーさんと黒木裕がハイタッチしながら微笑む。

「俺たちは国籍とかこだわらないさ、パクさんがナニジンだろうが気にしないし。人を差別する奴なんて、ペニーさんが即出入り禁止にしちゃうよなあ」

髭《ひげ》の常連客の言葉に皆が笑い、ミヨンも笑う。笑いながら、腑《ふ》に落ちないものがある。それが何なのかは解らない。温かい心地好《よ》さの中にある小さな居心地の悪さのような感覚。柔らかいカシミヤに包まれながら、編み目の中にある棘《とげ》で刺されるようだ。取り除きたくても見えないから放っておくしかないような小さな何か。しかし、チクチク刺されているうちに肌が赤くただれ、血が滲むかも知れないような不安がよぎる。

この得体の知れない感覚は何だろう？　簡単に答えが見つかりそうにないと思った

ミョンは、考えるのを止めて笑顔を作る。自分のためなのか周りのためなのか、少し無理をして笑った。

夜九時を過ぎた。ミョンが腕時計を見ながら時間を気にし始める。

「私、お先に失礼します。日曜日は最終バスが早いので」

「僕もそろそろ」

ペニーとカウンターの常連客たちが顔を見合い、一斉に頷く。ミョンと黒木裕は皆に挨拶をし、一緒に店を出る。南改札側から北口の方へ歩きながらバス停に向かう。

「今日は楽しかったです。国分寺まで遠回りさせちゃったけど」

「僕も楽しかったです。パクさんじゃなくって、ミョンさん……下の名前だと距離が近くなった感じだな」

「ほんやら洞の皆さんにお願いしたのは……。黒木さんにそう呼んで欲しかったからです」

見つめ合った二人はすぐに視線を逸《そ》らす。

「また電話貰えますか？　ミョンさんにばかり連絡させて申し訳ないけどそうするしか……次の日曜日……いえ、すみません。何でもないです」

文学部の先輩数人が最終バスを目指して二人の側を通り過ぎて行く。ミョンは腕時計を見ながら考え込む。

「国分寺駅に戻りましょう。私、黒木さんが中央線に乗るのを見送って、西武線に乗って鷹の台から帰ります！　ロマンス通りを歩いても今夜の門限には間に合うし……」

ミョンは、一分でも長く黒木裕と一緒にいたいと思う自分に驚いている。

「じゃ、ロマンス通りを一緒に歩きましょう。僕、朝鮮大の手前でUターンして、鷹の台から帰ります。ミョンさんが迷惑でなければ、ですが」

「嬉しいです！」

二人はバス停に背を向け国分寺駅に向かう。

西武国分寺線のホームでも、電車に乗ってドアの脇に立ちながらも、二人は黙っていた。各駅停車が一つ目の駅で止まる。ドアが開くと、外を見る二人の視線の先に駅名の標識が立っている。

「恋《こい》ヶ《が》窪《くぼ》」

駅名が二人を緊張させる。ドアが閉まって電車が動き出す。硬直したように立っていた二人が微笑み合う。各駅停車が次の駅に着く。

鷹の台駅のホームに降り立ったミョンは周りを見渡した。

「何か、気になりますか？」

「いえ……」

二人は駅前を左方向へ折れ、木々が茂る玉川上水の遊歩道を歩き始める。

「朝鮮大って、全寮制なんですよね。もしかして男女交際禁止とか？　あ、いえ、僕たちの事という意味じゃなくって……」

「大学の中にはカップルも多いんです。子供が日本人と恋愛するのを望まない親から、結婚相手探して来い！って言われて入学する人もいるくらいですから」

「学生たちもそんな考えを？」

「多くはそうだと思います。私は……違うかな、たぶん」

お互いの体がぶつからないように気遣いながら、緑に覆われた暗い道をつまずかないように歩く。転《こ》けそうになったら黒木裕の腕につかまろうと考える。そう思うだけで密《ひそ》かに胸が高鳴った。

「私、同じ世代の日本人の友達が欲しいなってずーっと思ってました。日本で生まれ育って、ずーっと日本にいるのに……変ですよね」

「僕、ニューヨークでは色んな国の人と知り合ったけど、日本で在日の人とちゃんと話したのはミヨンさんが初めてかな。今まで在日のクラスメイトとかいなかったし」

「いたかも、ですよ。通名使ってたらわかんないし」

「そっか。そうですよね……あ！　中学の時にクラスで噂がありました。その子、隠してたのかな……。今考えると、先生もクラスメイトも触れないようにしてたような」

「日本の学校の中って想像出来ないです。朝鮮学校は生徒も先生も仲間意識強くて、家族みたいっていうか。イジメが無いとは言わないけど、民族差別は有り得ないですから」

後ろから足音が聞こえて来たので振り向くと、政治経済学部の先輩だった。学生委員会の名物役員として知られている彼に、ミヨンが頭を下げる。彼は、朝大の女子がジーンズ姿の男性と暗い夜道で話しているのを見て驚いた様子だ。

「君、文学部二年だよね？　大丈夫？　まさか絡まれてないよね」

「大丈夫です。知り合いが大学まで送ってくれています」

「ならいいけど。遅いから気をつけて。先に行くよ」

「はい。ありがとうございます」

彼は何度もミヨンと黒木裕の方を振り向きながら大学の方へ歩いて行った。

「僕、怪しい人間だと思われてました？　言葉は解らないけどニュアンス伝わります」

「夜遅いから心配してくれたみたいです。ね、仲間意識強いでしょ？」

　二人の笑い声が暗闇に響く。

「僕、ミョンさんと知り合えたこと、大事にしたいと思ってます」

「私も、黒木さんと友達になれたこと、大切にしたいです」

「あの夜、十番に行ってよかったですよ、思いっきりドジしちゃったけど。あれ以来、ちゃんと財布持つようになりました」

　黒木裕がジーンズのポケットの穴から指を出して見せる。ミョンが吹き出しそうになりながら腕時計を見る。

「そろそろ急がなきゃ。遠回りして下さって、ありがとうございます」

「一緒に歩けてよかった。あの、僕からもお願いがあります。黒木さん、を止めて下の名前で呼んで下さい」

「……裕さん、でいいですか？」

「よろしく。じゃ、僕はここで。おやすみなさい。電話待ってます！」

「必ず電話します、おやすみなさい！」

　正門からのビームに向かって走るミョンを見届けた黒木裕は、二人で歩いてきた道を戻っていった。

　午後の授業を終えて寮の部屋に戻ると、ベッドのカーテンやクロゼットの引き出しが無造作に開いている。不気味な感覚が全身を包む。冷静に、と自分に言い聞かせながら奥の勉強部屋をみると、机の引き出しや本棚も荒らされた形跡がある。

「ちょっと、何これ！　まさか泥棒？」

部屋に入ってきた小姑が大声をあげ、ダンサーも唖然《あぜん》としている。

「あれ？　ミヨンの場所だけグチャグチャになってない？　ね？　おかしくない？ねえ、なんで？　なんだか、怖ーい！」

「うるさい！　黙ってて！」

騒ぎ立てる小姑をダンサーがたしなめる。

ミヨンは恐る恐る自分のテリトリーを点検する。二段ベッド上部の布団の上には、化粧品やドライヤー、その隣に重ねてあった文庫本や雑誌、ウォークマンが散乱している。引っ掻《か》き回されたらしいクロゼットの引き出しの中はパンティやブラジャー、靴下まで裏返しながら触った形跡がある。別の引き出しの中で乱雑にひっくり返された数枚のTシャツの奥から、タータンチェックの小さな箱を取り出す。黒木裕からの手紙の無事を確かめほっとするが、誰かが読んだかも知れないという不快感は拭えない。

誰？　何のため？　なんで私だけ？

疑問と不安が混ざった怒りで手足が震え始める。

「朝大委員会と班長に報告してくるから、このまま待ってて」

ダンサーの言葉に頷いた時、ベランダで甲高い声が響く。

「先程、抜き打ちの持ち物検査を行いました！　文学部二年パク・ミョンさん、ここに立ちなさい！　没収された規則違反の持ち物は班長を通して学部の先生に渡しておきました。室長も連帯責任を問われます」

カンキセンは手帳を見ながら没収品リストを読み上げる。呆然《ぼうぜん》と立っているダンサーとミョンを、隣の部屋から出てきた聖子ちゃんが怯《おび》えながら見つめている。

「外国音楽のカセットテープ多数、演劇・映画雑誌多数、写真集、ファッション雑誌三冊。資本主義文化のオンパレードね。『エロティシズム』？　こんな卑猥《ひわい》な本を堂々と本棚に置くなんて！」

カンキセンは、勝算がある検事のように畳み掛ける。ポップス、ジャズ、ヨーロッパの民俗音楽を「外国音楽」と一括《ひとくく》りにし、バタイユをエロ本扱いする無神経さに呆《あき》れ、反論する気にもなれない。

「組織生活を軽視するから倭風洋風《ウェプンヤンプン》に溺《おぼ》れるんです！　外出が多いと政治学習や総括に身が入らないでしょ。警備室でも有名な延長外出常習犯だなんて、大学中の男子が噂してるってことですよ！　女のくせに恥ずかしくないんですか！」

女であるカンキセンが、女のくせに、と言った。ミョンの中に小さな失望が芽生える。

「ミヨンさんは、授業は無欠席ですし、延長外出も許可をもらった時間内に帰っています」

ダンサーが庇《かば》うと、カンキセンの表情が一段と険しくなり、声のトーンが高まる。

「最近、外でジーンズ姿の男性と歩いているとの報告もありました。朝大生でないのは明白ですが、日本人という噂まであるんですよ！」

「質問の意味がわかりません。私には、在日の友達も日本人の友達もいます。友達と街を歩くと通報されるんですか？ ベッドやクロゼットの中まで調べられた理由はそれですか！」

「生活の乱れを指摘しているんです！ その生意気な物言いは何ですか！」

ミヨンは、プライバシーを侵害されたことに怒りが収まらず、悔しくて涙がこぼれそうだ。カンキセンに泣き顔を見られるのは耐え難い。ミヨンは、ベランダに集まったギャラリーたちを押しのけ寮を飛び出す。研究堂の階段を駆け上がり誰もいない教室に入る。

窓を開けると目の前に武蔵野美術大学が広がった。黒木裕は今ここにいるのだろうか？ キャンパス内を自由な服装で歩く武蔵美生たちを眺めながら、聞こえるはずのない彼らの会話に耳を澄ましてみる。塀の向こうの彼らはこちら側の存在について考えたりするのだろうか？　独り相撲のような自問自答が哀しい。口から漏れたシニカルなため息が、武蔵美生たちの笑い声でかき消された。

六月二十五日、月曜日。

三十四年前のこの日、朝鮮戦争が勃発《ぼっぱつ》した。

十条《じゅうじょう》にある東京朝鮮中高級学校の体育館で行われる「祖国解放戦争（朝鮮戦争）勝利記念　南北の平和的統一のための在日本朝鮮人中央大会」は、関東地区の総聯職員や朝鮮学校の教員学生たちが動員される他、自主的に参加する同胞たちで溢れている。

イベント参加時、女子は制服とは違う色柄物の民族衣装を着るという規則がある。ミヨンはお気に入りのチマ・チョゴリを選んだ。婦人服工房で働く母が作ってくれた紺色のシルクジョーゼットのチマは、歩くたびにふわっと広がり、立ち止まると螺旋《らせん》を描くように体にまとわりつく。フランス製の型抜き綿レースで作ったローズピンクのチョゴリは、コルムという長いリボンではなく、チャイナドレス風のボタンで胸元を留めてありスッキリ大人っぽい。髪はポニーテールをやめてシニョン風にまとめ、黒いパンプスを履いた。

数時間後にはこのチマ・チョゴリ姿のまま黒木裕に会っているはずだ。想像しただけでソワソワする。ミヨンは、替え襟《トンジョン》は汚れていないか、パンティストッキングに伝線は無いか、後れ毛が乱れていないかと、あれこれ気になって仕方がない。

アメリカの侵略から祖国を守った朝鮮人民軍の偉大なる勝利と、北朝鮮の社会主義建設の成果を称える演説が続く。朝鮮学校の幼い生徒たちによる祝賀文朗読には拍手喝采《かっさい》が止まない。続いて日本共産党、社会党などの野党はもちろん、自民党幹部の祝辞も続いた。

総聯幹部たちの演説中には、立ち上がっての拍手が義務付けられているフレーズが数カ所ある。心ここに在らずのミョンは、条件反射的に必殺のフレーズに反応した。周りにつられて慌てて立ち上がり、「万歳《マンセー》！」と叫びながら拍手をしたりと忙しい。上の空のまま、立ってはマンセー、座っては拍手を繰り返していると、急に可笑しさがこみ上げて来る。ついに笑いが止まらなくなると、咳《せき》が止まらないフリをしてハンカチで口を塞《ふさ》ぎ、涙にむせびながら誤魔化し続けた。

大会の最後に起立斉唱する「キム・イルソン首領様の万年長寿をお祈りします」の伴奏が始まると適当に口をパクパクさせ、二番までもたせた。続いて「キム・ジョンイル指導者同志の万年長寿を祈ります」も口をモゴモゴしながらやっと歌うフリをした。

休憩時間を挟んで記録映画の上映があるという。二千人以上の参加者に焼肉《プルコギ》弁当が配られ、体育館内は一瞬のうちにタレとキムチの匂いが充満した。弁当を食べ終わらないうちにいきなり会場が暗くなり、記録映画の上映が始まった。

キム・イルソン主席が朝鮮人民軍の視察に訪れたり、農村の視察に訪れたり、鉄工所の視察に訪れたり、デパートの視察に訪れたり、学校の視察に訪れたり、という内容だ。人民たちの感極まった表情や威厳と慈愛に満ちた指導者の姿が繰り返される白黒映像を観ながら、同じシーンをどこかで見たようなデジャヴに包まれる。今まで観たドキュメンタリー映画の記憶を辿《たど》るうち、池袋の文芸坐で観たドイツ映画を思い出す。

レニ・リーフェンシュタールが監督した作品とそっくり！

心の奥の何かが壊れる音がした。個人崇拝のためのドキュメンタリー映画制作には国際的なスタンダードのようなものがあるのだろうか。ヒトラーの記録映画を作った女性監督の数奇な人生について考える。似たような手法で作られた記録映画を、五十年後の今、強制的に見せられている現実について考える。自分に与えられる世界観が化石のように思えるこの虚無感をどこにぶつければいいのだろう。黒木裕はリーフェンシュタール作品をみただろうか。この映画を見せられている自分の今を彼は信じるだろうか。スクリーンに映し出される映像、スピーカーから聞こえてくる戦闘的なナレーション、薄明かりの中に浮かぶ壁のスローガンなど、皮膚を通して押し入ってくる全ての情報に嫌悪感を覚えながらただ時間が経つのを待った。

　ほんやら洞についたミョンは、窓ガラスを見ながら前髪をなおし、ドアを開けた。

「こん、にち、は！」

「いらっ……わー、ミョンちゃん素敵！」

　ペニーさんの声に振り向いた黒木裕は、ミョンの姿に目を奪われ言葉がない。

「遅れてすみません、待ちました？」

「はい。いえ、あの、素敵です」

「ちょっと裕くん、会話が変！」

　ペニーさんの笑い声が二人を冷やかすように響く。ミョンはカウンターの椅子に座りながらアイスコーヒーを注文し汗を拭く。黒木裕の視線が皮膚の奥まで刺さるようだ。

「チマ・チョゴリ、でしたっけ。とても似合ってます」

「これ、母が作ってくれたんです。一般的に知られている冠婚葬祭用はもっと派手なんですけど……」

「日本の着物より動きやすそうですね」

「大股《おおまた》で歩けるし、あぐらも掛けるし、とても楽ですよ。腰をしめつけないので、ウエストが無くなりそうで怖いくらい」

ミヨンが腰のラインを手でなぞる。黒木裕は目のやり場に困ったように下を向く。

「今日は門限早いんですよね。僕、スケッチブックやファイルを大学に置いてきちゃったんで一緒に行っていいですか？　作品のプランを教授に出さなきゃいけなくて、今夜中に家で描きたいんです。縛りが無さ過ぎて悩んでたんだけど、やっとアイディアがまとまって」

「縛りが無さ過ぎて？」

「自由過ぎて困るっていうか。ま、そういう大学だから選んだんだけど」

「困るんですか、自由過ぎると……」

ミヨンは、咄嗟に出た自分の言葉が情けなかった。

「何から何まで自分で決めなきゃならないから。もちろん、縛られるとそれも鬱陶《うっとう》しいんだろうけど」

黒木裕はあっけらかんと答える。

嫉妬《しっと》するほど羨ましいと思いながら、ミヨンは笑顔を返した。

ほんやら洞を出た二人は国分寺駅の方向へ急ぎ足で歩いている。

「危ない！」

パンプスを履いた足下がふらつき、ミヨンが黒木裕により掛かった。

「すみません、ヒール慣れてなくて」

白いTシャツにしがみついたミヨンの前髪に黒木裕の息がかかる。耳に響くドキドキが彼の鼓動なのか自分の心臓の音なのか区別がつかない。体を立て直そうとした時、大きな腕で肩を包まれた。暫く見つめ合った後、ミヨンが目を閉じ、二人は静かに唇を重ねた。

チリン！　チリン！

ベルの音に驚き咄嗟に体を離す。手を握りあったままの二人は、下を向いたまま少年の自転車が通り過ぎるのを待つ。

「……会いたかったです」

「僕も、会いたかった……」

もっと触れ合っていたいが手を放す。街中でもう一度キスをする勇気はない。二人は黙って国分寺駅に向かった。

鷹の台駅周辺は、十条から戻って来た朝大生たちで溢れている。改札口で一瞬立ち止まったミヨンは、何かを吹っ切ったような潔い笑顔を黒木裕に向ける。

「行きましょう」

二人が並んで遊歩道を歩く。チマ・チョゴリとジーンズの組み合わせは少し目立った。

「見られてますよね、ごめんなさい」

「僕は大丈夫だけど、無理しないで下さい」

「でも、コソコソするの変だし」

「たしかに」

周囲からの視線を押し返しながら並んで歩いた。後ろから届く好奇心に満ちた朝鮮語を黒木裕が理解しないことが救いだ。

「おーい黒木！　アトリエにファイル忘れ、て、た……」

前から歩いてくる武蔵美生たちが、ミョンの存在に気づきキョトンとしている。

「今、取りにいくとこだよ。あ、こちら朝鮮大のパクさん」

ミョンが小さく頭を下げる。

「あ、どうも」

三人の武蔵美生たちは慌てて会釈し、黒木裕を冷やかすように肩や背中を叩《たた》きながら去っていく。

「同じ油絵専攻の仲間。僕、最近サボってて。ニューヨークに行ってインスタレーションに興味が湧いたんで、ゼロから再構築中ってとこかな」

「創作って、難しいんでしょうね」

「難しくて苦しいから楽しい、かな。マゾだ」

笑いながら話す二人を、干渉好きな視線たちが追い越していく。

「僕、ここから走って行きます。今日はミョンさんの特別な姿も見れたし、やっぱり待ち合わせしてよかった」

「今夜、電話します。遅い時間になるかもで、す、が……何？　あれ、聞こえます？」

「何が、ですか？」

「怒鳴り声のような。大学の方から……」

「あ、本当だ」

「たまに右翼の街宣車が来ますけど、あれかな」

「僕も黒い車は見たことあるけど、ちょっと違う感じが……街宣車って音楽うるさいし雑音だらけっていうか……」

遠くから響いていた拡声器の声がだんだん近づいてくる。黒い大型車両に日章旗や菊の御紋を描いた今までの街宣車からは聞いたことのない強烈な言葉が鳴り響いている。

「朝鮮大学校はスパイ学校！」

「ここのチョンたちは、昨年秋のラングーン爆破事件を起こした殺人国家の一味です！」

「汚い朝鮮人！　お前らを皆殺しに来たぞ！　出てこい、一人残らず殺してやる！」

「日本から出て行け！　ゴキブリ、ウジ虫、チョン公ども！」

「反日朝鮮人大虐殺を実行するぞ！」

遊歩道のあちこちで朝大生たちが立ち止まっている。呆然と立ち尽くす近隣住民や、恐怖で青ざめているチマ・チョゴリの女子もいる。男子生徒たちは顔をこわばらせ大学の方へ走って行く。

「差別には慣れてるけれど、こんな酷い言葉は初めてです。皆殺しって……」

「これはあんまりだ。警察呼んだのかな」

ミョンは黒木裕のTシャツの裾《すそ》を摑んだ。

「朝大と武蔵美の間あたりだ。今日は大学へ行かないで下さい。右翼街宣車がいつも陣取るのもあの辺だし」

「大丈夫。物騒だからミョンさんも早く帰ったほうが。朝大に向かう人たちに合流して下さい。夜、電話で話しましょう」

二人は何度も振り向き合いながら朝大と武蔵美の方向に分かれる。

朝鮮大学校の正門に続く道では、生徒たちを安心させるために朝大委員会のメンバーたちが誘導している。

「朝大生の皆さん！　今までにない悪質な街宣です。落ち着いて、絶対に挑発に乗らないように。彼らと目を合わせずに静かに大学内に入って下さい。女子は寮の部屋で待機、男子は正門の内側に整列すること。決して感情的にならないように！」

「近隣にお住まいの皆さんは、バス停側の道路に出て下さい」

朝鮮語と日本語で誘導するメンバーの中には、文学部二年班長の金八と、政治経済学部二年班長のオオオトコもいる。

「ミョン、今帰ったのか。これまであった右翼の街宣とは違うみたいだ。警察もなかなか来ないし、もう一時間以上あの調子でわめいてる。早く大学内に入れ。女子は寮の部屋で待機だ」

振り向くと、黒木裕が立ち止まったままこっちを見つめている。

「そこのジーンズの方！　後ろの方が通れないので、立ち止まらずバス停側の道路へ抜けて下さい！」

金八が黒木裕に手で合図をしながら頼んだ。驚いた黒木裕が金八に頭を下げながら、ミョンを見つめる。ミョンは黒木裕に何度も頷きながら、電話するからという仕草を見せる。黒木裕も頷き、バス停側の道路へ出て行く。

「ミョン、あの人なのか？」

真剣にきく金八の目を見たミョンは、あえて堂々と大きく頷き、正門に向かって歩いた。

武蔵美へ向かった黒木裕が心配だ。ロマンス通りから朝大へ繋《つな》がる道に出ると、憎悪に満ちた叫び声が耳を裂くほど大きく響いていた。黒木裕を目で探す。旭日旗《きよくじつき》を肩から羽織り拡声器を持って叫ぶ男、旧日本軍の格好をした男、帽子を被《かぶ》りマスクで顔を隠し「朝鮮人を殺せ！」と書かれたプラカードを持った男、木刀を持った男など四、五人のグループが朝鮮大学校の正門や塀の内側に向かって罵《ののし》りの声をぶつけている。

彼らの後ろを通るはずの黒木裕も、ミョンが無事に正門の中に入るのを確かめようと必死だ。二人は同時に見つめ合い、何度も頷きあう。ミョンは正門の中へ、黒木裕は武蔵美の方へ歩こうとした。その時、

「おい待て！　お前、あの女と知り合いか！」

拡声器を持った男の怒鳴り声が響く。

黒木裕は、表情を変えず武蔵美の方へ歩こうとする。

「お前に訊いてんだ！」

人々の視線が集まる中、黒木裕が立ち止まった。そして振り返る。

「お前！　チョンの女と知り合いか？」

「…………」

「あそこに入ってったチョンの雌《めす》と知り合いかって訊いてんだよ！　今、手振ってたよな！　ゴミといちゃつきやがって。お前もチョンなのか！　答えろ、ジーパン兄ちゃんよ！」

チンピラの大声を聞いたミョンが、まさかと振り返る。黒木裕は拡声器を持った男に絡まれ、他のチンピラたちがそれを囲うように立っている。ミョンの後ろでは、整列した朝大男子たちが門の外の差別主義者たちを睨みつけている。総聯中央幹部のボディガードを務めた経験のあるオオトコが指揮をとり、怒りに震え拳《こぶし》を握りしめている男子たちに、挑発に乗るな、と言い聞かせている。

「黙ってないで答えろ！　お前ナニジンだ？　俺と同じ日本人か？　それともチョンコーか？　どっちだって訊いてんだよ！」

男が黒木裕に近寄り、木刀を地面に叩きつけながら威嚇しはじめる。

黒木裕が、何かを呟《つぶや》いた。

「なに？」

拡声器の男が興奮しながら黒木裕に近づく。

「お前、今なんつった？　もう一回言ってみろ！」

拡声器の男に襟元を掴まれ首を絞められそうになった黒木裕が男を睨む。

「お前とは違う日本人だよ」

「はあ？　何言ってんだお前！　女に魂抜かれたか、この売国奴め！」

男は拡声器を振り上げながら襲いかかる。メガネが飛び、黒木裕がその場に倒れ込む。驚いたミヨンが門の外へ飛び出した。

「その人は関係無いでしょ！」

チマ・チョゴリ姿のミヨンが拡声器の男に向かって叫んだ。

「朝鮮人が憎いんなら、こっちに言いなさいよ！　朝鮮人殺すって言いながら日本人傷つけて、おかしいじゃない！」

全身全霊で言葉をぶつけたミヨンはその場に立ってるのがやっとだ。パンプスを履いた足が震えている。

「おいおい、どうなってんだー！　売国奴とチョンの雌が乳繰り合ってんのか！」

周囲を取り巻いていた近隣住民たちが固唾《かたず》をのんで見守る中、拡声器の男が声を上げながらミヨンに近づいてくる。整列し見ていた朝大男子達が飛びかかりそうな勢いで動く。

「門から出るな！」

オオオトコの一声で朝大男子たちの足が止まる。オオオトコはゆっくりと門の外へ歩き、ミヨンを庇うように立ち、拡声器の男と対峙《たいじ》した。数歩引き下がった拡声器の男が仲間たちに目配せをする。金八も駆け寄りミヨンを支えた。

オオオトコは無言のまま睨みつける。

「今日はこれくらいにすっか」

拡声器の男の声にチンピラたちは後ずさりしながら仲間に撤収を呼びかける。

「腹が立つなら殴ってみろ！　チョンの暴力事件は新聞にデカデカ載るからな！」

差別主義者たちは冷笑しながらワゴン車に乗って去っていく。

緊張が頂点に達し息も出来ないミヨンは、その場に座り込む。

正門の中にいたダンサーが駆け寄り、放心状態のミヨンを抱きしめる。怪我をした黒木裕がミヨンの方へ歩こうとした時、かかわらないでくれ、という合図を金八が送る。黒木裕は大学の中に連れて行かれるミヨンを見つめながら、武蔵美の方へ歩いて行く。ミヨンは振り向く気力もなく、ふらふらとした足取りで寮に向かう。彼は大丈夫よ、と、ダンサーが耳元で囁《ささや》く。

絶妙なタイミングで到着した黒塗りのパトカーが朝鮮大学校周辺をゆっくり走り、何も無かった事を確認したかのように去って行った。

夜になっても大学内のざわつきは収まらない。常軌を逸した差別街宣に対する衝撃は言うまでもないが、それ以上にミヨンと黒木裕の関係は一級のスキャンダルとなった。

朝大委員会室では、ミヨンが背中を丸めて折りたたみ椅子に腰掛けている。それを囲むように、金八、ダンサー、カンキセンが座っている。

ミヨンの脳裏には、拡声器を持った男の目と、顔を殴られた黒木裕の姿がフラッシュバックする。扇風機がまわる音に、朝鮮人皆殺し！　チョンの雌、などの言葉が重なり、耳鳴りのように響く。

「……右翼グループが嫌がらせに来るというのは多々ありましたが、今日のメンバーは今までとは次元が違うほど悪質でした。今後のため警察にも対策を要請すべきでしょう。それよりもです！　総聯中央本部にどう報告すれば……乱闘騒ぎ寸前にまでなった原因が、朝大生と日本人との異性問題だなんて！　チンピラ右翼に攻撃させるネタを差し出したも同然です！　事態の深刻さを判《わか》ってるんですか！」

カンキセンが続けようとするが、金八が遮る。

「感情的にならないで、現状というか事実を把握すべきだと思います。あの日本人も殴られた被害者なわけで……」

金八は言葉を選びながら続ける。

「ミヨン、率直に聞くけど、あの日本人とはどういう関係なんだ？」

暫く沈黙が流れる。

「大切な……友達です。彼の名前は黒木裕といいます。あの日本人、という言い方はやめて下さい」

憔悴《しょうすい》したように見えるミョンだが、力を振り絞ってハッキリ答えた。

「万が一、パク・ミョンさんとあの日本じ……その、黒木さん、が個人的な関係なら、あくまでも仮定として、ですが。朝大創立以来の由々しい事件です。組織の幹部養成機関である我が校の生徒が日本人と特別な関係だなんて、有り得ないでしょ！　こんな低次元の話からしなくちゃいけないなんて……」

視線を落としていたミョンが顔を上げる。

「具体的に何が問題ですか？　国籍ですか？　民族の血、ですか？　彼の祖父母や両親に朝鮮人がいたら何かが変わるんですか？」

「え？　彼は日本名を使う朝鮮人なの？　日本人なんでしょ？　はっきり言いなさい！」

カンキセンの言葉が拡声器の男のセリフと重なる。

「彼は差別主義者に対抗して殴られたんですよ、ナニジンかがそんなに大事なんですか！」

「当たり前です！　私たちと日本人は社会的立場も価値観も全て違います！」

私たち、という言葉が息苦しい。あなたと私は違う！　と叫びそうになるのを堪えた。

「カンさんは……国籍を確かめて人を好きになるんですか？」

好きになる、という言葉が自分の口から飛び出したことにミョン自身が驚く。意表を突かれた金八とダンサーは考え込んでしまい、驚愕《きょうがく》したカンキセンの顔は今にも火を吹きそうだ。

「パク・ミョン、しっかりしなさい！　停学か退学になりかねないほどの問題なのよ！」

「黒木さんは大切な友人です。後ろめたい事は何もありません」

大粒の涙がミョンの頬を伝う。悲しいのか悔しいのか、自分でも解らない。

「今ここで話すべき問題を絞りませんか。私たちは、ミョンの大学生活を改善するために話し合おうと集まったわけで……」

金八の優しさはありがたかったが、遠回しな言葉は時間の無駄に思える。

「これからも映画や演劇を観ます。都心の劇場からここへ帰るためには延長外出許可が必要です。大学の中に籠《こも》ることが自分を高めるとは思いません」

「日本人とチャラチャラ歩き回るような生活態度が災いの元になったっていうのに！　反省しなさい！」

カンキセンは、ミョンの毅然《きぜん》とした言葉に激怒し、ヒステリックに叫んだ。金八は天井を見上げ、ダンサーは下を向いたままだ。

「夏休み前までは日曜日の外出だけ許可します、門限の延長は許しません。学期末総括で生活の改善を報告できるように努めなさい。行ってよろしい」

外出、許可、という言葉だけがミヨンの耳に残った。日曜日には会える！　と心の中で何度も呟いた。


疲れ切ったミヨンは、電話ボックスに向かっていた。平静を装いながら受話器の向こうの黒木裕に話しかける。

「怪我、どうですか？　血が出てたし」

「唇が切れて目の横にすり傷かな。喧嘩《けんか》は苦手だけど、高校の時ラグビー部だったから慣れっこかな。メガネ割れたから今は別のをかけてる。まん丸い、ジョン・レノンみたいな」

「ジョン・レノン？　金縁？」

二人は小さく笑う。長い一日の緊張がやっと解けはじめる。

「在日の人って大変だよね。あんな酷い言葉浴びながら耐えてた朝鮮大の人たちを見て考えさせられたっていうか。何度こんな経験したんだろう、って。僕たち日本人には何も出来ないしさ」

「え？……」

「とばっちりで僕まで殴られて参ったけど……ミョンさんは強いね、圧倒されました」

「何も出来ない？　それって……。私、強くなんか……」

勇気を持って渡ろうとした吊橋《つりばし》から谷底へ落ちていくような気がする。手を繋いで一緒に渡ってくれるかも知れないと思った自分は、なんてメデタイ人間なんだろう。

「え？　何か言った？　ごめん聞こえなかった」

「いえ……なんでもない、です」

「今日は色々あり過ぎたよね。何も考えずに爆睡しよう」

「そう出来れば、いいですけど……」

塀の外では差別主義者と対峙し、塀の中では民族主義や全体主義と衝突する自身の混乱は、一人で抱え込むしかないのだと思い知るミョンだった。何かを期待した自分を責めた。こんなにも強く人を失いたくないと思ったのは生まれて初めてだ。

また映画を観ようと黒木裕が言った。

日曜日の約束はミョンを安心させ、不安にさせた。

新しくオープンした吉祥寺バウスシアターは、既に映画ファンたちの聖地となっていた。ソビエト・シネマ特集の観客たちの多くがパンフレットや関連本を手にしている。

「惑星ソラリス」を観終わって外に出ると、雨の匂いがした。午前中まで青く晴れ渡っていた空は、墨汁と白いペンキが合わさったようなグレーで、夕立になりそうな気配だ。

「近くに美味《うま》いピザ屋があるんです。ミョンさんが嫌じゃなければ、それを買って井の頭公園で食べようと思ってたのに。降ってきそうですね」

「お店では食べられないんですか」

「待ってる人が多くて落ち着かないけど、行ってみますか」

商店街を抜けて道路沿いにあるピザ屋に向かう。店は満席で、三組のグループが並んでいる。

「ここの、本当に美味いんです。いつもマルゲリータ買って熱々を家で食べてて」

「近いんですか？　じゃ、裕さんの家で食べます？」

「え？」

「なーんて。厚かましいですよね、すみません」

「狭いし掃除してないけど……まいっか。そうしましょう！」

マルゲリータとゴルゴンゾーラが焼きあがると、雨が降り出した。

黒木裕は、Ｔシャツの上に羽織っていたダンガリーシャツを脱ぎミョンの肩に掛け、二枚分のピザの箱を抱える。ミヨンがダンガリーシャツをピザの箱に被せる。微笑み合った二人は、濡《ぬ》れながらピザの箱を守るように走り出す。神社の前を通り過ぎて角を曲がると車の音も聞こえないほど静かな住宅街だ。

小さな門を入ると長屋のように色違いのドアが並んでいる。藍《あい》色のドアの鍵《かぎ》を急いで開け、黒木裕がミヨンを中に入れる。

「どうぞ。すっかり濡れちゃいましたね」

「失礼します」

玄関に入ると、ぷーんと男の匂いがする。造りは古いが少し広めのワンルームだ。壁もカーテンもアイボリーでフローリングの濃い茶色を引き立てている。ベッドと机と小さなソファがあり、キッチンには鍋《なべ》やフライパンが無造作に重なっている。

「散らかっててすみません、珈琲《コーヒー》淹れますね。あ、これ使って下さい」

黒木裕は乾いたタオルをミヨンに渡し、ベッドの周りに散らかっている本や雑誌、スケッチブックを積み上げる。流し台にあったビールの空き缶をゴミ箱に入れ、お湯を沸かし珈琲の準備をする。ミヨンは濡れた顔や髪、足を拭き、サンダルを脱いで部屋の中に入る。黒木裕が慌ててクロゼットからカーキ色のパーカーを出し、バスルームのドアを開ける。

「よかったら着て下さい、風邪ひくといけないし。ここ、使って下さい」

遠慮するのが不自然に思えるほど、濡れたブラウスがミヨンの肌にはりついている。

男物のパーカーに着替えてバスルームから出ると、小さなテーブルの上に珈琲とミルク、取り皿が用意されていた。

「ピザ、今温めてます。珈琲はブラック？　カフェオレも出来ますけど」

「じゃ、ミルクをたっぷりお願いします」

「了解」

黒木裕がマグカップに珈琲を入れ、ミルクをたっぷり足してミヨンに渡す。

「ボロいパーカーですみません。ちょっと大きいけど、似合ってます」

柔らかいタオル地に包まれたミヨンは、小さな穴が空いた袖口《そでぐち》を見つめる。

黒木裕はピザをフライパンごとテーブルにのせ、マルゲリータ一切れを皿に取りミヨンに渡す。

「美味《おい》しい！」

「でしょ！」

ミヨンは熱々のマルゲリータを頬張りながら、朝鮮学校の常識では考えられない光景の中に自分がいることを実感する。男子は座ったまま動かず、女子が甲斐甲斐《かいがい》しく世話をして当たり前という封建的なコミュニティで育ったミヨンにとって、黒木裕の一挙一動はとても新鮮だった。

「自炊するんですか？　色々揃ってますね」

「男子も厨房《ちゅうぼう》に入るべし！　って親だったから。それにニューヨークでは、イタリア系移民のレストランでバイトしてたんです。皿洗いや野菜を刻んだり、ひたすらニンニクの皮を剝《む》いたり」

「ニンニクの皮？」

「イタリア料理ってニンニクたくさん使うから。韓国料理もニンニク必須ですよね。韓国人を、東洋のイタリア人、って呼ぶそうですよ」

「へー、初めて聞きました」

「寮生活ってご飯作って貰えるんですよね、いいなー。やっぱり朝鮮料理がメイン？」

「在日の家庭料理って感じで美味しいですよ。私はキムチ食べる練習中だけど」

「十番で初めて会ったとき、キムチ食べられないってマスターに言ってたの憶《おぼ》えてます」

「裕さんはたっぷりラーメンにのせてた。私、見てました」

ミヨンは朝大での一日の流れや服装の決まり、外出のルールなどを説明する。黒木裕は、お隣の大学の、想像を超える厳しさに驚く。

「日本一緩い大学と厳しい大学が隣り合わせってことか、面白いな」

「面白くないです！　規則とか義務とか、息が詰まりそう……ごめんなさい、大学で色々あって……」

黒木裕がミヨンの手を取る。言葉もなく、二人は指を強く絡ませたまま動かない。動けない。もっと肌で触れ合えば何も怖くなくなるのだろうか。でもその勇気がない。

「正直でいたいだけなのに、周りに馴染《なじ》めなくて……」

パーカーを着た細い肩を黒木裕が抱きしめる。静かに抱き合った二人は暫く雨の音に包まれ、そして唇を重ねた。彼の唇がミヨンの細い首すじを伝う。

「あっ……」

声を漏らし慌てて体を離したミヨンは、パーカーの襟元を押さえた。

「……ごめん」

「ごめんなさい」

黒木裕は流し台に行き、ホーローのポットに水を入れガスコンロにのせる。

「おかわり、カフェオレでいい、かな」

返事がないまま、暫く沈黙が流れる。

黒木裕はまだ湯が沸かないポットを見つめている。

ミヨンはゆっくりと黒木裕の後ろに立ち、ガスコンロの火を消す。戸惑いながら振り向いた彼の手を自分の胸に触れさせ、パーカーのファスナーを下ろす。ピンクのブラジャーが見え、白い肌が露《あら》わになる。胸の谷間に触れた黒木裕は、ミョンを強く抱き寄せベッドに横たえる。ブラジャーを外し、乳房を愛撫《あいぶ》しながらパンティをずらす。その手が茂みに触れた時、荒い息を漏らしていたミョンが彼の手を止める。

「私……」

「え？」

「あの……」

「もしかして、初めて？」

小さく頷いたミョンは、阻んでいた手を緩める。

「そっか……無理しない方が」

「やさしく、して、ください」

何度もキスを交わした後、黒木裕の唇がミョンの鎖骨から胸を這っていく。下着を脱がした彼の指がミョンの濡れた陰部を触り、さらに奥深いところをゆっくりと弄《いじ》る。恥ずかしさと嬉しさが混ざったような声を漏らすミョンの柔らかい太ももを押し広げ、彼はゆっくりとミョンの中へ入っていった。

「痛っ」

「あ、ごめん」

黒木裕が体を引くとミョンが首を横に振る。

「やめないで」

涙が滲むほどの痛みと初めての快感に声を上げながら彼の体にしがみつく。汗ばんだ肌を重ねたまま二人は深く繫がり、激しく揺れ、いつしか眠りに落ちた。

寝顔を見ていると黒木裕が目を覚ます。

「裕さん……」

話し始めるミョンの唇を黒木裕の指先が優しく覆う。二人は抱き合い、何度も唇を重ねる。

「さん、はやめようよ」

名前で呼び合うことを決める。黒木裕が冷蔵庫に飲み物を取りにいく間、ミョンはベッドに横たわったまま、天井や壁のポスター、本棚に並んだ写真集や本の背表紙を眺める。近代美術史、ポストモダン、ゴッホ、キーファー……。

「ナムジュン・パイク？」

現代美術界の世界的寵児《ちょうじ》と言われている韓国人アーティストをミョンは知らなかった。

黒木裕は冷たい缶ビールをミョンに渡しながら、パイク作品の斬新さを力説し、ニューヨークで親しくなった韓国人若手アーティストとの思い出話を聞かせる。最初は日本人だということで敬遠されたが、朝まで飲み明かす仲になり、いつも〆《しめ》のインスタントラーメンを作ってくれたという。小さなアルミ製の鍋からそのまま熱々のラーメンをすったと懐かしそうだ。器にうつさず鍋に箸《はし》を突っ込んでラーメンを食べる韓国人はワイルドだな、とミヨンは思う。

「ソウルに遊びに来いって言われたけど、アイツどうしてるかな。ミヨンは韓国によく行くの？　言葉出来るからいいよね」

「え？　ああ……」

「朝鮮と韓国の言葉って殆ど一緒なんだよね」

「うん……私、韓国には行けないの。国籍が所謂《いわゆる》朝鮮籍ってことで入国出来ないの。ピョンヤンに姉がいることや父の仕事も関係してて……」

ついに来たか、とミヨンは思う。国籍や家族について訊かれたら正直に話そうと思っていたが、簡潔に説明出来ることではなかった。ひとつ誤魔化すと、後で嘘が増えそうで怖い。

「いわゆる、朝鮮籍？　難しいな……ま、いいや。ピョンヤン、って北朝鮮の首都だよね。お姉さん、そこで暮らしてるの？　なんか、凄いなー。じゃあ、お姉さんの方が韓国に行きやすいってこと？」

「あの……北朝鮮と韓国は行き来出来ないよ、手紙や電話も一切ダメだし。三十年以上も休戦状態だから」

「そ、そっか、厳しいんだね。もしかして、ミョンは北朝鮮に行ったことあったりして」

「一回だけ、高校の時に。九年ぶりに姉と再会したの」

「えー、あるんだ！　なんか、色々凄いね。え？　九年ぶりの再会って……ごめん、僕、話についていけてないね」

「政治や歴史や色々絡んでややこしくて。日本の学校って近代史教わらないって聞くし、何をどこから説明すればいいのか」

皮肉っぽく聞こえたかも知れない、と不安になり、自分の言葉を撤回したい衝動に駆られる。肌を重ねた火照りが収まらない体の中を尖《とが》った冷気が駆け抜ける。

家族は？　国籍は？　ナニジン？

シンプルな問いなのに、自分にも解らないことが多すぎる。学校で与えられてきた「正解」は全く役に立たない。言葉を探そうとするほどに苛立つ。

裸のままタオルケットに包まれている自分が無防備過ぎるように思える。

黒木裕から渡された缶ビールを喉《のど》に流し込む。ミョンは、「外」の人と同じ言葉で話せない自分に愕然とする。

重くなった空気がヒリヒリし始めた時、黒木裕がベッドの縁、ミョンの側に腰掛ける。

「気に障ったこと言ったならごめん。ミョンたちの話って複雑そうだから色々訊いちゃって」

ミョンたち……。

ミョンは笑顔を返せない。じわじわと喉が渇き、心がざわざわする。

「僕、ミョンが在日だとか朝鮮人だとか、そういうこと気にしてないから」

聞きたくなかった言葉が優しく投げつけられる。大した怪我ではないが、棘は刺さった。

「だからミョンも遠慮しないでさ」

「そうじゃなくて」

自分の髪に優しく触れた黒木裕の手を払いのけてしまう。

「どうかした？」

黒木裕の戸惑いを気にする余裕はない。率直過ぎる言葉が込み上げてくる。

「気にしてほしいの」

「え？」

「私が在日だってこと、朝鮮人だってこと、気にしてほしいの！」

「…………」

黒木裕は、ため息をつきながら天井を見上げる。眉間《みけん》に皺《しわ》を寄せ頭を横に振る仕草を繰り返し、また静かなため息をつく。

ミヨンは、今だけを取り繕いたくなかった。不器用な言葉でも、思いの丈をラッピングしないままぶつけようと決める。

「いつだったか、ほんやら洞の常連の人たちも同じこと言ったの覚えてる？　俺たちは国籍なんか気にしない、って。一瞬嬉しくてありがたかったけど、何か違うなって思って……」

「…………」

「私、裕に私の事たくさん知って欲しいし、裕の事も知りたいと思ってる。でも、気にしないよ、って言われると共通の事しか話せない。悪気がなくて、気遣ってくれてることは解ってる。でも正直、上から言われてるように聞こえるっていうか……」

「そんなつもりは！」

「わかってる！　わかるけど、気にならない筈ないし……。私は裕が日本人だってたぶん気にしてる。意識しないなんて無理だと思う。それって失礼な気がするの。もし、もし私が、裕が日本人でも気にしないよ、って言ったらどう思う？」

「それは……」

「ごめん、変なこと言って。でも大事なことだと、思う……たぶん」

「ミヨン、悪いけど何言ってるかワケわかんない」

「私も、わかんない」

伝わらない言葉が、震える声に乗っかって宙を彷徨《さまよ》う。

「上手く説明したいけど、自分の周りの事も理解できなくて爆発しそうで……ごめん、裕を疲れさせてるね。私といると疲れるよ。私も自分に疲れてる……」

床に落ちているパーカーを羽織り、ベッドの周りに散らかった下着や服を拾う。

まだ湿っているブラウスに袖を通し、巻きスカートを穿《は》く。

帰らなきゃ、とミヨンが言う。駅まで送る、という裕の言葉が、自分を遠くへ追いやるように響く。引き止めて欲しい、疲れたりしないと言って欲しいと心の隅で祈りながらサンダルを履く。

「ミヨンの言う通りかもしれない。気にしないなんて嘘だ。意識する、よね。参ったな」

黒木裕の言葉に振り向けなかった。

参ったな、という言葉が気になったが、考えるのを止める。

じゃあまた、と言えないまま玄関のドアを閉める。雨は止んでいる。

数時間前に二人で駆けた記憶を辿りながら、吉祥寺駅に向かって歩く。体の奥には黒木裕を受け入れた時の痛みと快感が残っている。肌の匂いが懐かしい。突然、嗚咽《おえつ》するほど涙が溢れる。黒木裕に会うことはもう無いだろう。恋しくて愛《いと》おしくてたまらない。湧き出る熱い想いと冷静な判断が溶け合わないまま、心と体がバラバラになりそうだ。

いつだったか、日本人と朝鮮人は住む世界が違う、と言った父の言葉を思い出していた。

第三章　一九八五年、三年生の秋

ミョンは、一年ぶりに吉祥寺の街を歩いている。黒木裕と会わなくなって以来、避けてきた街。

銀杏《いちょう》の葉を踏みしめながら向かっているのは、店主がクラシック音楽に詳しいと裕から聞いていたレコード店だ。ミョンの手には、ピョンヤンにいる姉から大阪の母に送られてきた手紙の一枚がある。ミョンを恋しがる数行のメッセージと、膨大なクラシックレコードのタイトルが便箋《びんせん》の表と裏にビッシリと書かれている。一つの交響曲を違う指揮者やオーケストラで聴き比べたいという、音楽家らしい姉の思いが伝わってくる。

北朝鮮への卒業旅行まであと二週間だ。一枚でも多くCDを揃えて欲しいと店主に頼んだ後は、自分の身の回りの必需品を二週間分買い揃えなくてはならない。基礎化粧品や薬品、生理用品などは多めに買って、使い切らなければ姉に渡してくればいい。門限が近づくにつれ抱える紙袋がドンドン増えていく。

駅前商店街の喫茶店で珈琲《コーヒー》を一口飲んだミョンは、高校二年の初めての「祖国訪問」期間では姉との「面会時間」がとても短かったことを思い出す。今度こそは時間をかけて姉と語らいたい、お土産に持っていくクラシック音楽のCDを一緒に聴きたいと思う。

姉は朝鮮大学校一年の時、『偉大なるキム・イルソン首領の還暦を祝う朝鮮大学校生祝賀団』の一員として指名され、片道切符で北朝鮮へ送られた。北朝鮮政府を支持する活動家だった父は文句も言わず組織の決定に従った。

「親分の還暦祝いに娘を差し出すんかい！　兄さんは狂ってる！　今は一九七二年やぞ！　人間プレゼントやなんて奴隷制度の時代やあるまいし！」

徹底した反共主義者の叔父《おじ》は最後まで反対したが、組織での父の立場を考えた姉は北行きを決心した。殴り合いにまでなった父と叔父は、未《いま》だ冠婚葬祭で顔を合わすたび険悪な関係だ。娘の写真を見るたびに泣いていた母は、取り憑《つ》かれたように仕送りを始めた。

紙吹雪が舞う新潟港で、姉が乗った帰国船を見送りながら泣いていた八歳の自分を思い出す。祖国も帰国も政治も知らず幼かった自分は、大好きな姉と別れるのが嫌で泣いていた。行かんといて！　と叫んでも、泣き声はブラスバンドが奏でる「金日成将軍の歌」にかき消された。姉が帰国船の甲板から紙テープを投げてくれた。

いい音楽をたくさん聴きなさい。きれいな心を持った人になれるんだよ。

紙テープに万年筆で書かれた姉の言葉をはっきりと覚えている。涙と鼻水でインクが滲《にじ》み、文字も読めないほどボロボロになったテープは、港に詰めかけた人混みの中で引っ張られ千切れて無くなってしまった。それでも姉の言葉は忘れない。音楽を愛する姉が誇らしかった。


目の前に広がる真っ青な海と空が水平線で繋《つな》がっている。

所どころに小さな島が見え始め、船が陸に近付いている事が実感できる。ミョンは朝日が昇る前から広いフェリーの甲板にいた。十月の末、海風は冷たい。空に朝の光が射し始めるとまた水面の色が変わる。甲板の船員たちの北朝鮮訛《なま》りの言葉が聞こえてくる。太陽の光を浴びて視覚も聴覚も目醒《めざ》めるような感覚に浸っていると、船の帆先の向こうにうっすらと元山《ウォンサン》港が見え始める。昨日の朝に新潟港を出発した「マンギョンボン」号で丸一日を過ごす間に、ミョンの体は日本海とも東海《トンヘ》とも呼ばれる海を渡ったのだ。

四年前、ピョンヤンで会った時の姉の顔を思い出す。新婚だった姉は女の子を産んだという。既に二歳になったはずの姪《めい》っ子の姿を想像する。

船内のスピーカーから音楽が流れる。朝鮮大学校同様、雑音のような音質で歓迎の曲が鳴り響く。船は沖に停泊したまま、入港時間を待つ。

ミョンは、「祖国が見える！」と感激する同級生の声に囲まれながら複雑な表情で港の景色を見ている。家族に会うために訪朝する年配の同胞たちも甲板に出て来て港を眺めている。

「もう少しでお姉さんに会えるね。私にもご挨拶《あいさつ》させてね」

ダンサーが声をかけてきた。

「もちろん紹介するよ。キョンジャはこっちに親戚《しんせき》いらっしゃるんだっけ」

「父の弟がピョンヤンに。高校の時の訪問ですっかり仲良くなったの。ミョンは実のお姉さんだもんね。想像できないなあ、会いたいよね」

「そう、叔父さまがいらっしゃるんだ」

船が少しずつ陸に近づいているのがわかる。空が白み始める頃に沖から眺めていた風景は、霧の中にロマンティックなシルエットが浮かぶ港町の様子だった。それが今、朝日が浮き彫りにするのは寂れたアパートや古いホテルの姿だ。道を行き交う人々の疲れた姿は、国家行事に動員された時の彼らの表情とは対照的だ。

二人は下船準備のために船内の部屋に戻る。

船から降りた朝大生たちは、各自トランクを引っ張りながら港の税関の前に列を作る。男子学生たちは、同じ船に乗っていた「家族訪問団」のスーツケースや段ボール箱を運んでいる。一九五九年に始まった「帰国事業」で北朝鮮に渡った家族に会うための特別ツアーの参加者は、子供たちを祖国へ行かせた在日一世が多く、総じて平均年齢が高い。

ミョンは「家族訪問団」の一人ひとりに親近感を覚える。北朝鮮で暮らす自身の家族と「面会」しながらの滞在は、単なる観光とは別次元のものであることを高校生の時に体験している。政治経済学部、歴史地理学部、文学部の三つの学部の三年生で構成されたこの「朝鮮大学校 祖国訪問団」の中で、直系の家族に会うのはミョンだけだと聞いている。親戚に会うという同級生たちは少なからずいた。

税関には入国前の持ち物検査のために行列が出来ている。麻薬、銃器などの危険物持ち込みを検査する諸外国の税関とは異なり、北朝鮮の入国検査で徹底的に調べるのは印刷物だ。理系の専門書や辞書だけが検閲を経て許され、社会科学書、小説、雑誌、新聞などの印刷物は、たとえページの切れ端でも没収される。それらを調べるために、全ての訪問者のトランクやバッグを全部開ける。とにかく時間がかかる。

ミョンの荷物が赤外線カメラをくぐり税関検査官の前に置かれる。検査官がトランクを開け、中のモノについて質問する。衣類、基礎化粧品、食品、医薬品などを見せながら説明をしていると、検査官が綺麗に包装された包みを指した。

「これは何ですか」

「姉へのお土産のCDです。あ、音楽です」

「C？　D？　何のことですか？」

「レコードのようなモノです。トランクの横の段ボール箱にはCDプレーヤーが入っています。西洋音楽の中でもクラシックだけは解禁されたと聞きました、問題ない筈《はず》です」

「専門的な機械ですね。担当者を呼ぶのでここで待ちなさい」

ドアが開き専門検査官とやらが現れ、荷物と一緒にミョンを別の部屋に連れていく。六帖《ろくじょう》くらいの部屋の真ん中に大きなテーブルがあり、検査官が四人も立っている。検査官たちがミョンの荷物をテーブルの上に広げ中身を調べ始める。

「この包みを開けなさい」

ミョンは姉へのプレゼントを開けた。CDが傷つかないようにクッション用のエアキャップで包み、箱に入れ、花柄の包装紙で梱包《こんぽう》しリボンをかけてある。リボンを解《ほど》くのをためらっていると、一人の検査官が乱暴に包装を破った。十五枚のCDが出てきた。

「全ての音楽テープはピョンヤンの検閲機関に送り、問題が無ければ二、三ヵ月後に受取人に渡されます。わかりましたね！」

「困ります！　滞在期間中に姉と一緒に聴きたいんです。見て下さい、パッケージも開けてないクラシック音楽のＣＤですよ」

「ピョンヤンの専門家が検閲するのが規則です」

「そんな！　じゃ、ここで聴いて下さい。私、ＣＤウォークマン持ってて……」

　ミヨンはショルダーバッグから自分用のＣＤウォークマンを取り出す。暫《しばら》く音楽を聴いた検査官は別のＣＤをセットするように命令する。ミヨンは残りの十四枚のＣＤのパッケージを破ってセットし、イヤホンを検査官に渡す。ショパンのＣＤのパッケージを次々と破る。壁も床も天井もコンクリートで固められた冷たい部屋に、セロハンとＣＤジャケットの紙が散乱する。もうワケがわからなくて自棄糞《やけくそ》だ。

「たくさん持って来ましたね、こんなに必要ですか？」

　女性検査官が珍しそうにＣＤを触る。

「姉は音楽家なので、これでも足りないくらいです。全部でなくても、二、三枚だけでもここで受け取らせて下さい。十三年ぶりに姉と一緒に音楽が聴きたいんです！　そのために……」

　検査官に懇願するミヨンの目が真っ赤だ。

「わかりました。今聴いたこの二枚だけ、例外として渡します。ほかのモノはピョンヤンの検閲機関に送ります」

その場で十三枚は取り上げられ、二枚のCDが手渡される。ミョンはそれをトランクに入れ、CDプレーヤーが入った段ボール箱とショルダーバッグを持って部屋から出る。

税関の前に二台のバスが待機している。政治経済学部で一台、歴史地理学部と文学部でもう一台だ。港の側に建つキム・イルソン主席の銅像の前で降ろされ、全員が整列し献花、そして深々とお辞儀をする。またバスに乗り、二百キロメートル西に位置するピョンヤンに向かう。首都のピョンヤンまではバスに揺られ三時間足らずだ。

高速道路と呼ばれるコンクリートの国道沿いには山や畑が広がっている。畑には石がゴロゴロしていて、農業に適さない土壌なのが明らかだ。人々は手作業でトウモロコシや稲、野菜などを育てている。畑仕事を手伝っている子供たちがバスを見るとわざわざ立ち上がり、敬礼し手を振ってくれる。

バスガイドの説明が始まる。どこか東北弁を思わせる、濁音の温かさがある北朝鮮訛りが微笑ましい。中年の女性ガイドは、世界中の人々が「革命の首都ピョンヤン」をいかに敬い注目しているかを力説する。キム・イルソン主席の現地指導について語りながら、親愛なる指導者キム・ジョンイル同志の存在を常に付け加える。四年前の訪問時は「栄光なる党中央」という代名詞が使われていた。いつの間にか露骨に世襲をアピールするようになったな、とミヨンは心の中で呆《あき》れる。歴史地理学部と文学部の学生たちが歌をうたい始めた。コンクリートの道を時速百キロ以上の速度で走りながら強烈に揺れるバスの中、祖国愛や革命への忠誠を声高に歌う同級生たちは益々《ますます》高揚しているようだ。

ミヨンは四年前の姉の言葉を思い出していた。

周りに流されず、感傷に浸らず、この国の現実をしっかり見ておきなさい。

ホテルのロビーでの「面会」中、姉はその言葉を紙に書いて見せた。ミヨンがそれを見つめていると、姉は紙を細かく破ってポケットに入れた。案内人たちが通り過ぎると姉はすぐに話題を変え、社会主義祖国の素晴らしさについて語り始めた。まるで壁や天井に向かって話しているようだった。盗聴って本当？　と身振りで訊くミヨンに、大きく頷《うなず》きながら笑顔で違う話を続けた姉の顔を思い出す。どれほど強《したた》かに生きればこんな笑顔になるのだろう。ミヨンはあの時の姉の顔を忘れたことがなかった。

ピョンヤン市内に入ると景色が一変する。高層アパートが並ぶ大通りにトロリーバスが走り、自転車で通勤する男性やお洒落《しゃれ》をした女性たちも多く見える。バスが直行するのはキム・イルソン主席の巨大な銅像がある万寿台《マンスデ》。北朝鮮を訪問する全ての人が選択の余地なく案内され、花を手向け深々とお辞儀することを強要される。「朝鮮大学校学生訪問団も主席様に敬意を表そうと万寿台に駆けつけずにはいられませんでした」というナレーション付きで自分の姿が明日のピョンヤン放送のニュースに出る事も予想できる。ミョンはシラケた気持ちでお辞儀をする。早くホテルに向かいたい。妹の到着を待ちこがれているはずの姉が、四年前と同じようにホテルの前で待っているかも知れない。

巨大な銅像の前で記念写真に収まった後、バスに乗り込もうとするミョンに、スーツ姿の案内人らしき男性が話しかけてくる。

「文学部、パク・ミョンさんですね、母なる祖国へようこそ。私は海外同胞事業部のチェです。皆さんの滞在期間中、文学部を担当します。お姉さんの朴美姫《パクミヒ》さんの事で話があります」

ミョンはチェ指導員の顔をまっすぐに見た。

「パク・ミヒさん夫妻は地方の交響楽団の指導をする新しい任務を受けまして、一カ月前に新義州《シニジュ》に引っ越しました。ピョンヤンでの面会は不可能になった事をご了承下さい」

「シニジュって、あの中国との国境近くの？」

「はい。今回の訪問期間、皆さんがシニジュに行く予定はありません。お姉さんとの面会は難しいです」

「そんな！　どういうことですか？　大阪の両親も姉が引っ越したなんて言ってませんでした。姉に会うためにここまで来たんです！」

ミヨンの声が周囲に響いた。バスに乗ろうとしていたダンサー、カンキセン、文学部教員であるミスター・バーコードも駆けつけ、チェ指導員から説明を聞いている。ミヨンは言葉もない。

「ホテルに向かいまーす！　バスに乗って下さーい！」

運転手の声に皆が動く。ダンサーに肩を抱かれバスに乗ったミヨンは、ただ呆然《ぼうぜん》と窓の外を眺めている。

車窓から見える景色の中、街を行く人々を目で追い姉を探す。一人で歩く女性、男性と歩く女性、赤ちゃんを抱いて歩く女性……皆が姉のように思えるが、姉の姿はない。シニジュという都市の名前は教科書で見慣れていたが、街の様子は想像できない。

ホテルに着き手荷物をおろすと部屋割が発表された。ミヨンはダンサーと同室になった。部屋の鍵《かぎ》と同時に十日間の予定表が配られる。

1日目　夕方ピョンヤン到着、夜に家族面会（面会食事あり）。

2日目　万景台《マンギョンデ》（キム・イルソン主席生家）、博物館などを観光。
3日目　夜、革命歌劇鑑賞。
4日目　金剛山《クムガンサン》（バスで出発、一泊）。
5日目　金剛山（夜、ピョンヤン着）。
6日目　板門店《パンムンジョム》訪問（日帰り）。
7日目　ピョンヤン市内観光（学生少年宮殿にて公演鑑賞）、討論会。
8日目　白頭山《ペクトウサン》（飛行機で移動、一泊）。
9日目　白頭山（夜、ピョンヤン着）。
10日目　学習討論会、総括（夜に家族面会食事あり）。
朝、ピョンヤン出発。税関検査。夕方、ウォンサン港から日本へ。

ミョンは、部屋に荷物を置き、改めてチェ指導員の部屋を訪ねる。彼は、お姉さんは引っ越したので面会は難しい、とそれ以上の説明をしてくれない。家族訪問団ではないので、地方まで家族に会いに行くのは許されないとも強く言われる。

部屋に戻ったミョンはトランクを開け、必死に確保した二枚のCDをエアキャップと花柄の包装紙で包み直し、ピンクのリボンをかけ直した。

シニジュに引っ越した……どうすれば会えるんだろう。

十三枚のCDが姉の手に届くかどうかも判《わか》らない。

ピョンヤン滞在初日の夜は、市内で暮らす家族や親戚との面会が予定されている。ミョンは仕方なく面会予定のない学生たちのテーブルにつく。ダイニングルームの別のテーブルでは、帰国者である親戚たちと一緒に食事をする学生たちの姿が見られた。殆《ほと》ど面識のない親戚とテーブルを囲んだ学生たちの表情は硬く、面会に来た家族にも緊張感が漂っている。

叔父一家と食事をしているダンサーがミョンをテーブルに呼ぶ。年配の男性が会釈した。

「どうも。キョンジャの叔父です」

「はじめまして。パク・ミョンと申します」

「パク・ミヒさんの妹さんが私の姪っ子と親しいなんて嬉《うれ》しいです。お姉さんのこと驚いたでしょ、急だったから。でもシニジュで幸いでしたね」

「姉をご存知なんですか？」

「日本から来た帰国者コミュニティは狭いもんです。お姉さん夫婦は仲がいいと評判で、夫婦で音楽家というのも珍しいですから。それにしても……」

叔父さんは周囲の目を気にしているようだ。

「ミヨン、食事の後で叔父さんだけ部屋に来て貰《もら》うから。後でね」

目を細めて頷くダンサーの叔父さんが立ち上がり握手を求めると、夫人と小中学生くらいの息子と娘が椅子から立ち上がりミヨンに頭を下げる。


ダイニングルームを出たミヨンは、部屋でダンサーを待とうとエレベーターに乗る。別のダイニングルームで食事を終えた「家族訪問団」のメンバー数人が乗り込んで来る。年配の婦人たちは関東弁の日本語と朝鮮語が混ざった在日語で話している。明日からは、帰国させた子供たちが世帯を持って暮らすアパートで過ごすのだという。

「年寄り扱いして、私は大丈夫だよ。孫の顔を見るためだけに日本から来たんだよ。交通事故で入院したって言うなら私がシニジュまで会いに行くさ。大事な孫がどんな病院にいるかも見ておきたいじゃないか」

「お義母《かあ》さん、その体で列車は無理です。シニジュまで何時間かかると思って……日本の新幹線とは違うんですよ」

嫁と姑《しゅうとめ》らしい家族訪問団のメンバーの話にミヨンはハッとする。

「あの、シニジュに行かれるんですか？」

いつの間にか話に割り込んでいた。

「車で、と思っていたら洪水で道路が通行止になったらしくて。まあ、もともと道が悪かったからねえ。私、列車に乗ったことあるんだけど、車両が古くて大変なのよね。それも何時間かかるかわかんないっていうし。この国は時刻表とか無いのかしらねえ」

「あ、ありがとうございます！　失礼します！」

ミヨンは高鳴る気持ちを抑えながら部屋に戻る。

叔父さんと部屋に戻ったダンサーは、天井や壁を指でさし、盗聴を意識するよう念を押す。ダンサーはテレビのボリュームをうるさいほど大きくする。そしてまた天井と壁を指差す。

三人はひとつのベッドの上に座る。顔を近づけ合い、耳元で囁《ささや》き、メモ用紙で筆談した。

「姉がシニジュに引っ越したという話は本当なんですね。もう何がなんだか……」

「引っ越し、と言われたんですね」

「え？」

「お姉さんの家族はピョンヤンから追放されかけています、暫くは様子見の時期とも言えます」

「どういう、こと、でしょう」

「ミヒさんとご主人は素晴らしいバイオリニストで、夫婦仲もよく子供にも恵まれてお幸せに見えました。が、お姉さんの悩みは旦那《だんな》さんの酒癖でした。暴力を振るうとかではなく、本音を言い過ぎるんです。ついついこの国の制度について文句を言ったり、もっと外国の曲を弾かせろと言ってしまうと聞いた事があります。ここで作曲された革命歌曲しか演奏出来ないのが辛《つら》かったんでしょうね」

「文句を言うだけで、ピョンヤンから追放されるなんて」

「一時的で済めば運が良いほうです。『あの人たち』を批判すると、ピョンヤン追放では済まなくなります」

叔父さんは、部屋の壁に掲げてあるキム・イルソンとキム・ジョンイルの肖像画を指した。

「一時的って、どれくらいの期間なんですか」

「ケースバイケースですね。一年、五年、十年、三十年……」

ミヨンは顔を覆って大きなため息をついた。

「酔った時の癖はどうにもねえ。お姉さんは周囲から離婚を勧められた筈です、でも一緒にシニジュに行きました。立派だという人もいれば、バカだという人もいましたよ」

「離婚すればどうなるんですか？」

「夫だけ追放、妻と子供たちはピョンヤンに残れます。珍しい話じゃありません」

「そんな。そこまで割り切れるんですか」

「生きていくためです。まだ学生のあなたにこんな話をするのは心苦しいですが、とにかくご両親が早くいらして海外同胞事業部の担当者と直談判なさるしか解決策はありません。色々とモノイリだと思いますが」

「お金ってこと？」

ダンサーが率直に訊く。

「まあ、そういうことだ」

叔父さんが不憫《ふびん》そうにミョンを見つめる。

「さっき、シニジュで幸いとかおっしゃいましたけど」

「シニジュは中国と国境を挟んで人の往来が多いので、地方にしては物資が豊かな街です。でもピョンヤンを出ての生活、苦労しているでしょう。芸術家だったご夫婦だし」

「シニジュの交響楽団の指導に、と聞きました」

「ピョンヤン以外に交響楽団だなんて……楽団どころか楽器を見つけるのも大変な筈です。このホテルには国際通信室があったと思うのですが、ご両親に電話をする時はくれぐれも、聞かれてる、という前提で話して下さい。私から聞いた事は日本に帰った後でご両親にだけ話して下さい。私も困った事になります。姪っ子があまりにもあなたの心配をしているので少し出しゃばりました。どうか気をしっかり持って。いつまでもキョンジャと仲良くしてやって下さいね」

「本当にありがとうございました。絶対にご迷惑はかけません」

深く頭を下げるミョンの手を叔父さんが強く握る。

ホテルの玄関まで見送ってくるからと、ダンサーが叔父と一緒に部屋を出る。ひとり部屋に残されたミョンは、その時初めてテレビのボリュームの大きさに気がついた。何をどう理解し受け止めればいいのか、涙も出ない。部屋の中には「指導者同志をお慕い申し、永遠に忠誠の道を歩む」というタイトルの歌が大音量で流れていた。

早朝からキム・イルソン主席の生家、朝鮮革命博物館、戦争勝利記念館、鉄道博物館などを巡りながら、繰り返し革命的な解説を聞き続ける。朝大生たちはガイドの説明をメモにとるなど、積極的な学習姿勢を見せている。姉の事が心配で一睡も出来なかったミョンは、お経のようなガイドの解説を聞きながら目眩《めまい》がしそうだ。「偉大なる首領様の賢明なご指導のもと」「祖国と人民のため」「革命精神」「犠牲精神」「忠誠」「愛国」「勝利」などの単語が頭の中で鳴り響く。教条的なフレーズには慣れている筈だが、言葉のひとつひとつに激しい嫌悪を覚えた。

夕食は平壌冷麺《ピョンヤンれいめん》で有名な玉流館《オンニュグァン》に案内される。大きなお盆に盛りつけられた大盛りの冷麺を何皿食べられるか、男子たちは大食い大会のように盛り上がっている。食欲がないミョンはレストランのテーブルを離れ、ロビーのソファに座って考え込んでいた。ダンサーがデザートのアイスクリームを持ってくる。

「少しでも食べないと倒れちゃうよ。アイスクリームなら食べられる？　レディーボーデンなみに美味《おい》しいよ」

ミョンは、無理矢理アイスクリームを口に運ぶ。

「今から大事な話をするけど絶対に断らないって約束してほしいの。叔父さんと話し合って、私なりに色々考えての提案があるんだけど」

「提案？」

「ミョン、シニジュに行っておいでよ。ここまで来てお姉さんに会えずに日本に帰るなんて有り得ないよ。このまま日本に帰ったら、あれこれ思い詰めて病気になっちゃうよ」

「そりゃ行きたいけど……」

「叔父さんが言ってたけど、文学部担当のチェ指導員って融通きく人らしいよ。ここは思い切って現金渡して、特別にシニジュに連れてって欲しいって頼んでみたら？叔父さんに渡すために父《アボジ》から預かったお金があるんだけど、使ってほしいの。後で返して貰えば大丈夫。叔父さんの了解もとってあるし。っていうか、これ、叔父さんのアイディアなの」

「とんでもない！　ほんと気持ちはありがたいけど……」

「とりあえず立て替えるだけだし。叔父がね、この国で外貨貰って動かない人はいないって。そうでもしなきゃお姉さんに会えずに帰る事になるよ。明日からピョンヤン離れる日も多いし。早いほうがいい、今夜にでも談判してみなよ」

「………」

「いい？　引っ越したってことを信じてるフリするんだよ。妹に会いに来ないなんて病気にでもなったに違いないから心配だ、この目で見ないと納得できないって言うの！」

「………」

ダンサーの提案は嬉しい。ミョンも母から姉に渡す現金を預かって来てはいたが、十万円程度の金額だ。

「お姉さんも急に地方に行かされて大変なはずだし。遠慮なんかしたら怒るよ、困ったときに頼るのが友達でしょ」

「ありがとう」

「面子《メンツ》を重んじるとか言っても、現金断る人はいないよ。叔父曰《いわ》く、ここは社会主義でも資本主義でもない、外貨第一主義国家だって。ダメ元だと思って！」

「うん、やってみる。ほんとにありがとう」

ミヨンの目に涙が溢《あふ》れる。

玉流館からホテルに戻ったミヨンは、チェ指導員を訪ねた。「案内人」とも呼ばれる彼らは、日本からの訪問団に付き添っている間、自宅に帰らずホテルに泊まり込むのが常だ。様々な訪問団に付き添う案内人たちの詰所のような部屋は、客室とは全く違う、質素な空間だった。

チェ指導員とミヨンは、一階ロビーに下りて行きソファに座った。布製のバッグを握りしめているミヨンは、緊張のあまり全身が硬直している。

「相談とは、何でしょう？」

「無理なお願いと承知していますが、やはり姉に会わずに帰るわけにはいきません。私をシニジュに行かせて下さい！　例えば、五日後の白頭山観光を抜けても構いません。高校の時の訪問で白頭山には行きましたし、霧ひとつない頂上の天池《チョンジ》も見ましたし、もう充分です」

「革命の聖山である白頭山に行くのは、単なる観光ではありません」

「わかっています。全ての訪問が学習であり、革命精神を育《はぐく》む……わかっています！　でも姉に会えないままだと、この祖国訪問は辛い思い出として一生残ります。引っ越し先からどうして姉を来させてくれないのか納得出来ません。何か特別な理由があるんですか？　本当に姉はシニジュにいるんですか？　手紙も電話も出来ないまま日本に帰れなんてあんまりです！」

「落ち着いて下さい。ミヨンさんの気持ちはわかります、しかし」

「だったら！　姉をピョンヤンに来させるか、私をシニジュに行かせて下さい！」

「家族訪問団ではないので、地方にいる身内を訪ねる事は規則に反します。それに、お姉さんはシニジュを出られません」

「シニジュの交響楽団はそんなに忙しいんですか？」

チェ指導員がため息をつく。ポケットからタバコを出しテーブルの上の大きなガラスの灰皿を自分の前に寄せる。ミヨンは布製のバッグからマールボロと日本製の百円ライターを取り出し、チェ指導員の前に置く。

「学生なのに、大人のような事をしますね。ありがとうございます」

チェ指導員は国産のタバコをポケットにしまう。マールボロの封を開け、一本取り出して口にくわえ、百円ライターで火をつける。

「朝鮮のタバコより美味しいんですか？」

ミヨンが率直に訊く。

「悔しいほど美味しいですね。それにこのライターは素晴らしい、必ず火が点《つ》きますから」

煙をくゆらせるチェ指導員の顔がほころぶ。ミヨンは、フィルターを挟む指が唇につき、タバコが見えなくなるまで吸っている人を初めて見た。

「祖国訪問期間、男性の案内人には外国製のタバコを渡すよう、母から言われました。それから、私は二十一歳ですから、もう大人です」

「ミヨンさんのお母様が家族訪問でいらしたのは二年前ですね。お父様は総聯代表団の一員として度々いらっしゃる」

スラスラとミヨンの家族について語るチェ指導員をみながら、自分のデータを全て握られているような気がした。

「父は定期的に来ますが、母は日本の会社で洋裁の仕事をしているので休暇を取るのが大変で。でも孫が生まれた二年前は無理をして来ました」

「ミヨンさんも再来年卒業して朝鮮学校の先生になれば、何度でも祖国を訪問してお姉さんに会えるじゃないですか。今回はタイミングが……」

「私、教員にはなりません」

「学校より、総聯の基本組織で働きたいんですか？」

「進路はまだ決めていません。それより」

ミヨンは誰にも見られないように、チェ指導員の上着の裾《すそ》の下に封筒を忍ばせる。

「失礼だとは思いますが、緊急のお願いですし、色々と手配なさるのに使ってくださ
い。私一人で行動出来ないのは解っています。誰か指導員の方が一緒にシニジュに来
て下されば問題ないはずです。何とかして頂けませんか、お願いします！」
「ミョンさんは見かけより大胆ですね。どういう結論になるかは判りませんが、至急
提案してみます」
チェ指導員は一瞬のうちに封筒を背広の内ポケットにしまった。
ミョンは、彼の素早い身のこなしに驚く。驚いた自分が子供のように思える。
「出来るだけのことはやってみます」
「お願いします！」
ミョンは何度も頭を下げる。
「絶対に他言しないこと。いいですね。一日総括の時間ですから部屋に戻って下さ
い」
ミョンは再度深く頭を下げ、自分の部屋に戻った。文学部女子の一日総括では、博
物館巡りや革命歌劇鑑賞時の居眠りについて反省した。
朝からバスに乗り、三十八度線に接する東海岸から山岳地帯にかけての景勝地であ
る金剛山に向かう。日本からの訪問団のために建てられたホテルにチェックインした

後、岩山に木々が生えた不思議な山を登る。神秘的な渓谷を澄み渡ったエメラルドグリーンの水が流れ、伝説どおり雲の上の仙女が舞い降りて来そうなほど美しい山だ。

「あれ何？　まさか」

遠くにそびえる峰々を見ていたミョンは、自分の目を疑った。キム・イルソン主席と、キム・ジョンイル総書記を称《たた》えるスローガンが真っ赤な文字で岩肌のあちこちに刻まれている。あんな自然破壊が許される？　時代が変わったらあのスローガンは……口から飛び出しそうになった声を呑《の》み込む。シニジュ行きの許可が欲しいミョンは、問題児にならないよう努めることを誓う。

ピョンヤンに戻り、翌日は非武装地帯の板門店を訪問する。ハンサムな人民軍兵士による祖国解放戦争（朝鮮戦争）や南北の休戦協定についての解説も上の空、ミョンはシニジュに行けるかどうかだけが心配だ。

滞在六日目の夕方、キム・イルソン競技場でマスゲームを観覧する。一糸乱れぬ動きで様々な「絵」を見せてくれる子供たちのパフォーマンスに、皆が歓声を上げながら拍手を送っている。ミョンには、多くの演技者たちが一斉に動く強烈な全体主義の異様さに鳥肌が立った。パフォーマンスを繰り広げる膨大な人数の学生たちには弁当などが用意されているのだろうか？　彼らは家に帰ればお風呂《ふろ》に入れるのだろうか？周りに合わせて拍手をするが、心の中の問答は止まらない。

「そのまま静かに聞いて下さい」

チェ指導員がミョンの隣に座る。大音量の革命歌曲がスタジアムに響く中、チェ指導員はミョンの方に少し体を傾けて低い声で話す。

「明日、早朝の列車でシニジュに向かいます。お姉さんに会い、明日中にピョンヤンに戻ります。他の皆さんは飛行機で白頭山に向かい、明後日に戻ります。皆さんが戻るまで、一人ホテルで過ごす事になりますが、大丈夫ですか？」

「はい」

「シニジュでの滞在時間は二時間ほどしかありません。日帰りなので特別な準備は必要ないと思います。明朝五時半にホテルの玄関で会いましょう。車でピョンヤン駅に向かいます。それを逃すと明日は列車がありませんから遅刻しないで下さい」

「わかりました」

チェ指導員はミョンの背中を叩《たた》いて去った。ミョンは、やっと姉に会えるという喜びを噛《か》み締めながらマスゲームに視線を移すが、涙でぼやけて何も見えない。二時間の面会。何を話せばいいいんだろう。姉の笑顔が心に浮かんだ。

ミョンとチェ指導員を乗せた車は、濃い霧の中をピョンヤン駅に向かう。広い道路に車は殆ど見当たらないが、市内を走るトロリーバスには、こぼれ落ちそうなほど乗客が溢れていた。

前方にピョンヤン駅が見える。アンティーク調の建物の真ん中には時計台があり、その下にはキム・イルソン主席とキム・ジョンイル総書記の肖像画がある。ここは北京やモスクワへ繋がる国際列車の始発駅であり終着駅でもある。

赤色の蛍光灯で作られた「평양（平壌）」という文字が、昔にタイムスリップしたような錯覚を抱かせる。文字の真下にある駅の正面玄関に車が到着する。

立ったままタバコを吸う男たちや、地べたに座って列車の出発を待つ女たちがいる。黒塗りの車の後部座席に座っているミョンは、自分に注がれる人々の視線に息を呑む。こんなにも近い距離で大勢の一般市民と接するのは初めてだ。いつもバスの中から彼らを見ていたし、ホテルや劇場などではスーツを着たエリートっぽい人たちにしか会う事がなかった。男性の殆どは人民服を着ていて、帽子を被《かぶ》った人も多い。女性は日焼けした肌に化粧っけもなく大きな風呂敷包みや袋を抱えている。服の襟元や袖口《そでぐち》には油染みのような汚れがこびり付いているように見える。男女ともに素足に運動靴の人が多く、皆が殺伐とした表情をしている。

スーツ姿のチェ指導員とミョンが車から降りたつと、一瞬にして人目をひいた。真っ白なブラウスの襟元にエンジのリボンを結び紺色のスーツを着たミョンは、白い靴下に革のローファーを履いている。肩まで下ろした巻き髪を揺らしながら、お姉さんへのお土産が入った大きな紙袋を持っている。

ミョンは、自分が歩くたび、埃《ほこり》の臭いがする乾いた空気の中に日本のシャンプーの匂いが放たれることを自覚する。出掛ける前の習慣として、耳たぶの後ろと手首の内側に香水をつけてきたことを後悔した。人々の流れに交ざって駅に入ろうとすると、ブツブツと何かを呟《つぶや》きながらミョンに近づいてくる大人や子供たちがいる。

「おいおい！　日本からのお客様だ、我が総聯訪問団の先生だぞ。下がりなさい」

チェ指導員の一言でミョンの身分が証明され、人々が一斉に道を空ける。母親と手を繋いで立っている少女がミョンに微笑む。汚れた服に穴の空いた運動靴を履き、鼻水の跡がくっきりと見える。ミョンが少女に微笑む。険しい表情の母親は、少女の腕を引き連れ去ってしまう。

「入り口は向こうです」

チェ指導員がミョンの荷物を持ちながら外国人専用口へと案内する。ミョンは小さな疎外感を覚えながら後についていく。タイムスリップしたような駅のホームは、鉄骨が剝《む》き出しで、古い映画のセットのような造りだ。外国人専用入り口から入ってすぐのところに平壌《ピョンヤン》—新義州《シニジュ》間を結ぶ「平義線《ピョンイ》」のホームがあり、特別一等車両の乗り場になっている。

女性車掌がわざわざホームまで降りて来て特別一等車両の座席へ二人を案内する。

黒光りする車両の内部に入ったミョンは思わず目を見張る。全ての座席の頭部には白いレースのカバーがかかっている。窓際に備え付けられた小さなテーブルにもレースのカバーがかかっていて、瀬戸物の小さなコーヒーカップ、ガラスの瓶に入ったミネラルウォーターとサイダー、皿には林檎《りんご》とキャンディが置いてある。

「今日は乗客が少ないので、好きな座席へどうぞ」

ぽっちゃりした厚化粧の女性車掌が笑顔で言う。真っ赤な濃い口紅が車掌の制服に不釣り合いだとミョンは思う。

チェ指導員は車両の真ん中に席をとる。二人は向かい合って座る。

「あ、そっか。こういう……」

ミョンが小さな困ったような声を出した。

「どうかしましたか？」

チェ指導員が不思議そうにミョンの動きを見ている。

「いえ、何でもありません」

座席に座ったミョンはモジモジと体を動かす。特別一等車両のシートが、リクライニングできない直角の木製ベンチのような形だと判明したショックを隠せない。座る部分も背もたれも固く、寛《くつろ》ぐどころか不自然な姿勢を強いられ、腰も背中も首までも辛い。座り心地の改善に努めたが諦《あきら》める。窮屈さを悟られまいと必死に取り繕いながら、チェ指導員に話しかける。

「何時発ですか？」

「準備が出来れば走ります」

可笑《おか》しさがこみ上げる。他に乗ってくる客もいないのに発車しないのを不思議に思ったミョンは、ホーム側の窓を開けて外を見る。そして言葉を失う。

隣の車両は既に人が入れない状態で、無理をしても列車に乗り込もうとする人たちが口論になり今にも喧嘩《けんか》が始まりそうな不穏な状態だ。ミョンが驚いて見ているとホームに立っていた社会安全員、つまり警官が来て窓を閉めるように指示する。チェ指導員が急いで窓を閉める。

「この車両に乗るのはダメなんですか？　こんなに空《す》いてるのに」

「ここは外国からのゲスト専用車両です」

車内を見渡すと、ホテルで見かけた家族訪問団の数人が案内人たちと談笑している。家族訪問団の高齢者たちは、この国の現状に免疫があるらしく、驚いた様子もない。別の座席には髪を茶色に染めたジーンズ姿のアジア人グループがいる。日本からの訪問団とは雰囲気も違い、中国語を話しているようにも聞こえる。

「ピョンヤンで暮らしている華僑《かきょう》の人たちです」

チェ指導員が、ミョンの好奇心を察して教えてくれた。

三十分ほど経ち、列車はピョンヤン駅を離れゆっくりと走り出す。昨日までバスで見たのとは全く違う風景が広がる。畑があり、家が点在し、人や黄牛が歩いている、のどかな景色だ。

チェ指導員が小さなテーブルに置いてある林檎を勧める。

「おそらくプッチョンの林檎です。小さいけれど美味しいですよ。プッチョンは有名な林檎の産地ですが知っていますか？」

「はい、中学の地理の授業で教わりました」

「日本の林檎はどこが有名ですか？」

「青森ですね。私は『ふじ』という林檎が好きです」

「富士山の『ふじ』ですね。日本の果物はとても美味しいと聞きました。ミョンさん、日帰りなのに荷物が多いですね」

「この箱は日本から持ってきたCDプレーヤーです。音楽家の姉夫婦はCDをまだ聴いたことがないと思うので。レコードより音が良いんですよ。それから昨日の夜、ホテルのカフェでロールケーキを買いました。それからタバコもたくさん買いました、義兄がタバコを吸う人ですから。チェ指導員にも一カートン買いました。これ、どうぞ」

「いや、私は……」

「色々と無理をして頂いて本当にありがとうございます。受け取って下さい」

ミヨンはマールボロが十個入った箱を差し出す。

「では、ありがたく頂きます」

チェ指導員は、細長い箱を鞄《かばん》に入れる。

「休憩時間にホテルのカフェで食べた手作りのロールケーキがとても美味しかったので、それを買いました。姉はカステラが大好きなんです」

「そうですか。私は食べた事がないのですが、あのホテルのケーキは人気があります。家族訪問の同胞たちが親戚の家に泊まりに行く時のお土産にと、たくさん予約注文するそうです」

「ホテルの売店にバナナがあって。店員さんがお土産に良いと勧めるので、それも買いました」

「バナナ？　それは高級品ですね」

笑顔を見せるチェ指導員は、ピョンヤンを離れて少しリラックスしているようだ。

数十人の学生を担当するのと、一人の面倒を見るのとでは仕事の量が違うのだろう。

「大阪にいる母が姉宛に別送した段ボール箱のお土産もあります。姪っ子のオムツや子供服、薬、生活用品がぎっしり入っています」

「お姉さん、喜ばれるでしょうね。二年前に祖国を訪問なさったミョンさんのお母さんのことはよく覚えています。孫に会いに来たと嬉しそうでした」

「大阪の家の壁は姉と姪の写真だらけです」

「娘さんやお孫さんのためにも、ミョンさんのご両親は愛国一筋の人生を歩まれているんですね」

チェ指導員は両親を褒めたつもりだろうが、ミョンにはそう聞こえなかった。娘と孫を人質にとられてるんだし、と心の中で毒づいた。

暫くして小さな駅にさしかかった。

「人が寄って来ますので、窓は閉めたままに」

ミョンが窓を開けようとすると、チェ指導員が注意した。隣の車両前のホームあたりから、命令口調で怒鳴る男の声が聞こえる。ミョンは、何が起こっているのかを確かめようと、窓に顔をくっつけたり耳をくっつけたりしながら外の様子を窺《うかが》った。

「さっさと乗れ！　出発するぞ！　乗らないなら列車から離れろ！」

北朝鮮訛りの乱暴な男言葉だ。ミョンは注意を無視して窓を開けてしまう。ホームには目を疑うような光景が広がっていて、まるで映画の撮影を見ているようだ。チェ指導員は諦めたようにそれ以上は止めない。

特別一等車両以外に乗り込もうとする市民を、棒を持った警備員らしき男たちが力ずくで恫喝《どうかつ》している。列車に乗ろうとする市民は殴られながら荷物を放り込み、窓に体を突っ込むように乗っている。その時、窓から上半身を出してその光景を見ているミョンの腕を、誰かの手が摑《つか》もうとした。驚いて体を引っ込めると、子供を抱いた母親が何かを乞《こ》うように目の前に立っている。母に抱かれた子供がテーブルにある林檎を見つめている。母も子も明らかに栄養失調だ。驚いたミョンが窓から林檎を差し出す。

「こら！　特別車両に近づくな！」

ドスの利いた声で誰かが怒鳴ると、一瞬のうちに母と子は逃げる。子供に林檎を渡せなかったミョンは、自分が怒鳴られているような気持ちになった。悔しくて腹が立った。母と子はもう見えない。

「なんであんな言い方するんですか！」

「祖国にも問題はたくさんあります。あまり見ない方がいいです」

列車がゆっくり動き出す。ため息をついて窓を閉めようとした時、さっきの母と子が現れミョンに手を伸ばした。急いで窓を開けて林檎とキャンディを投げた。母と子はあっという間に姿を隠した。林檎とキャンディが届いたかは判らない。列車は速度を上げ始める。

「持ってきたバナナも渡せたのに……」

ミヨンは激しく動揺していた。見てはいけないものを見てしまったのだろうか。一瞬でもそう思ったことが、あの母と子に失礼な気がしてならない。複雑な思いで考え込む。あの母と子が自分の姉と姪だったらと想像すると胸が張り裂けそうだ。

「もしバナナを渡せば、他の人たちに襲われて、あの親子は怪我をしたかも知れません」

「そんな」

重い沈黙が流れる。女性車掌が何も無かったように林檎とキャンディを補充する。

「祖国の林檎、たくさん召し上がって下さいね」

「あり、がとう、ございます」

テーブルの皿に盛られた林檎とキャンディを見ながら、母と子の無事を祈る。

その後も幾つかの駅に停車したが、ミヨンは窓を開けなかった。ホームにいる人たちは遠くから特別車両を見ていた。日本からの訪問団を見ると笑顔で手を振るピョンヤン市民と違って、小さな駅にいた人々は険しい表情を向けてきた。ピョンヤン市民の笑顔よりも、この小さな旅で遭遇した険しい表情のほうが、人々の素顔かも知れないと思った。この国を知るにはとても時間が掛かりそうな気がした。

「そろそろお昼にしましょうか、ホテルの調理師に弁当を用意させました」

「朝の五時半前にお弁当を作って下さったんですか？」

「はい、美味しく食べてやって下さい。シニジュでは食事の予定がありませんので、今食べておかないとお腹がすくと思います。夕飯も帰りの列車で弁当を食べて頂きます」

「チェ指導員の分もあるんですか」

「私も食べますよ、ご心配なく」

木綿の布で包まれた弁当を渡される。白い布を取ると、長年使い込まれた四角いアルミの弁当箱が現れた。蓋《ふた》を開けると海苔《のり》巻き、卵焼き、桔梗《ききょう》の根とほうれん草のナムル、豚肉とニラを炒《いた》めたおかずが綺麗《きれい》に並べられている。

「わー、美味しそう！」

「私は後ろの席で食べますので、ゆっくり召し上がって下さい」

チェ指導員はひとつ後ろの席へ移る。ミヨンはガラスの瓶に入ったミネラルウォーターをカップに注ぐ。

「いただき……」

立ち上がって後ろの座席を覗《のぞ》き、チェ指導員の弁当を見る。変色したデコボコのアルミの弁当箱に雑穀が混ざったご飯が詰めてあり、隅にキムチと味噌《みそ》が少し入っている。

「同じ弁当じゃないって知ってたから、そっちに移ったんですね。こんなに違うなんて」

「私はこれで充分です。訪問団の方と同じ食事をするほど偉い幹部ではありません」

「これじゃ、私が美味しく食べられません」

「お気持ちだけで充分です。ありがとうございます」

「ＶＩＰ待遇ばかり受けてたら、祖国を知る、なんて出来ません。ご飯の色まで違うし。この国の人が食べているお米を食べてみたいんです」

「長年この仕事をして来ましたが、ミヨンさんのような人は初めてです。率直ですね」

「率直過ぎる問題児です」

「問題児？　ははは」

チェ指導員の笑い声を初めて聞いた。

二人は向き合って座った。ミヨンは自分の弁当のおかずや海苔巻きをアルミのふたに載せて渡し、チェ指導員の弁当箱の中の雑穀米を自分の弁当箱に入れた。キムチも一切れ貰った。

「さすがホテルの料理人の弁当だ、美味しいです」

チェ指導員は少し緊張しながらも、嬉しそうに食べている。

「私、大学生になってからキムチを食べられるようになったんです。でもこれは美味しくないです。キムチの国なのに」

「キムチの国、そうですね。豊富な材料で作ればもっと美味しいんでしょうね。でもこれが今の我が国のキムチです、将来はもっと美味しくなります」

「最近は日本のテレビの料理番組でキムチが紹介されるんですよ。昔は、キムチ臭い、がイジメ言葉だったのに。時代って変わるんですね」

「日本のテレビにキムチがですか。へー」

二人は笑いながら弁当を食べる。

列車はまた小さな駅のホームにさしかかる。チェ指導員は弁当を隠した。ホームから食事中の自分たちの姿を見られるのを避けたかったからだろう。ミョンは窓に顔を近づけることもなく、静かに列車が動き出すのを待った。やがて列車が走り出すと、ミョンは急いで残りの弁当を食べた。こんなにも後ろめたい気持ちで食事をしたのは初めてだった。


朝七時前にピョンヤンを発《た》ち概《おおむ》ね六時間が過ぎた頃、列車はシニジュ駅に到着した。駅の外と中を鉄格子が仕切り、コンクリートのホームは外の道路と地続きだ。

ミョンは肩にショルダーバッグを下げ、右手にCDプレーヤーの箱を、左手にロールケーキやタバコが入った紙袋を持ちホームに降り立った。特別一等車両の前に、見知らぬ男性と女性に挟まれて、頭にスカーフを被った姉らしき女の人が立っている。

「ミヨン！」

姉ミヒの声だ。ミヨンは、持っていた荷物をその場に落とし、吸い寄せられるように姉の胸に飛び込んだ。何も言えず、ただただ涙が流れる。姉は自分の胸で泣き続けるミヨンの背中を何度も優しく擦《さす》った。

「引っ越したって言われたから。会われへんって言われたから」

「ミヨンが頑張ってくれたんやな。ありがとうな。こんなとこまで来させて、ごめんな」

二人は大阪弁で話していた。

少し離れて立っていたチェ指導員がミヨンの荷物を持ち、姉に付き添っていた二人と話をしている。姉はチェ指導員に深々と頭を下げる。

駅を出た五人は、待機していた二台の車に分かれて乗り、姉のアパートに向かう。

アパートは駅から車で二、三分ほどだった。

「こんなに近いなら駅から歩いてもよかったのに」

後ろのシートに姉と並んで座ったミヨンが言う。ミヨンの手をさすり頭をなでる姉は、まるで娘に会った母親のようだ。前の助手席に座っているチェ指導員は、二人の邪魔をしないよう気遣っているのか、ずっと黙っている。

裏通りに建つアパートの入り口で車が止まる。アパート前の広場でどろんこになって遊んでいた子供たちや日向《ひなた》ぼっこをしていた老人たちは、黒塗りの乗用車に驚いた様子だ。人々は、車から降りるミョンを食い入るように見つめている。姉は近所の人たちに頭を下げながら皆をアパートの中に案内する。ミョンは、姉よりも丁寧に周囲の人たちに頭を下げる。

コンクリートの冷ややかな肌触りと埃っぽさが混ざったような臭いのするアパートの玄関を入る。壁には、「生活も学習も抗日遊撃隊員たちのように!」「世界に羨《うらや》むことなど無い!」というスローガンがかかっている。朝鮮学校で子供の頃に習った有名な歌のタイトルだ。暗い廊下の先にあるエレベーターのドアが開いている。中年の女性が狭いエレベーターの隅に小さな椅子を置いて座っている。左手に「偉大なるキム・イルソン主席のお言葉集」を持ち、右手で行き先の階のボタンを押してくれる。

「日本から来た妹です。朝鮮大学校学生訪問団の一員として祖国を訪問中です」

姉に紹介され、ミョンがエレベーター係の女性に頭を下げる。

「母なる祖国へようこそ。私たちは世界に羨むものが無いほど幸せに暮らしていますよ」

エレベーター係の女性は誇らしげに笑う。

「安全のためにアパートの住人が毎日ローテーションでエレベーターの当番をするのよ」

姉が妹に説明するのを聞きながら、エレベーター係の女性が笑顔で頷く。ミヨンは、世界に羨むものが無い人間などいるのかと不思議に思ったが、それ以上考えないことにする。

姉の部屋はアパートの五階にある。

入り口の戸を開けながら姉が義兄の名前を何度も呼ぶ。返事がないので留守かと思ったとき、奥の部屋から寝ぼけたような義兄がぬぼっと出てきた。

「お義兄《にい》さん、ミヨンです！　四年ぶりですね、覚えてますか！　お義兄さん？」

義兄は瞬《まばた》きもせずミヨンの顔を見つめる。四年前に会ったときはミヨンを抱きしめ、実の妹のように歓迎してくれた義兄だったが、今日は少し様子が違ってよそよそしい。妻の妹だと認識しているのかさえも疑わしく、何かに怯《おび》えている子供のようだ。

「アン、ニョン、ハシムニ、カ」

ミヨンだけにそう言った義兄は、部屋に入ってしまう。

「さ、どうぞ」

姉は皆を居間へ案内し、台所へ入る。

「今日はピョンヤンからたった六時間で到着したし、幸いでしたね。どうぞ中へお入り下さい」

姉に付き添っていた女性が、自分の家に客を迎えるように言う。ミョンには生活感がない部屋の雰囲気が気になる。四人の客と義兄がソファや椅子に座る。

姉がブリキのお盆の上に、プラスチックのコップと瓶に入ったサイダーを載せて持ってくる。食器棚やタンスは無いが、テーブルと人数分の椅子だけはある。大阪の母が日本から現金やモノを送っているはずなのに家財道具が何もない。姉のピョンヤンでの結婚式に父が日本から参加したとき、母が式の衣装だけではなく鍋《なべ》や食器に至るまでの生活用品を箱詰めして送ったことを思い出す。昔からお洒落だった姉が、傷だらけのプラスチックのコップで客をもてなしている事にも違和感がある。

「部屋が決まったばかりで、まだ家具も揃えてなくて……」

姉が作り笑いをし、義兄は床を見つめている。

沈黙。

ミョンは数時間しかない滞在時間を姉夫婦とだけ過ごしたかった。家族以外の人と向き合いながら無駄な時間を過ごす余裕はない。腕時計を何度も見る。

「すぐに汽車でピョンヤンに戻りますし。出来れば姉と二人で話したいんですが」

ミョンのリクエストに、姉に付き添っていた男女が困った表情を見せる。

「外に出ましょうか。せっかく国境の街に来たんだし、お姉さんと鴨緑江のほとりを散歩するのもいいでしょう」

チェ指導員の言葉に皆が立ち上がる。ミョンはシニジュが中国との国境の街だということをすっかり忘れていた。気をきかせてくれたチェ指導員がありがたい。

「娘を連れて行ってもいいですか？」

姉が奥の部屋から赤ちゃんを抱いて出てくる。二歳になったばかりの姪っ子が姉の腕の中で眠っている。写真でしか見ていなかったミョンは、姪の成長した姿に胸が熱くなる。

「美香《ミヒャン》よ。あんたの赤ちゃんの時にそっくり」

姉の言葉を聞いて子供の頃を思い出す。物心ついたときからご飯を食べさせてくれ、服を着替えさせてくれ、櫛《くし》で髪をといてくれたのは十一歳年上の姉だった。ミョンは姪っ子の小さな手や足を触った。

「あ、キティちゃんのよだれかけ」

「母《オモニ》が大阪から送ってくれたの。気が早いから、もう四、五歳くらいまでの服が揃ってるんよ。ピョンヤンから移る時、この子の服だけは全部持って来たの」

「抱いてもいい？」

ミョンに抱かれた姪っ子が目を覚まし泣き出す。

「美香《ミヒャン》！　叔母《イモ》ですよ。はじめまして！」

イモという言葉に、叔母になった実感がこみ上げてくる。ミヒャンに頰ずりをする。産毛の感触とミルクの匂いが愛《いと》おしい。

泣き止まない姪っ子を姉に渡し、おんぶ紐《ひも》でおぶうのを手伝う。姉は義兄に留守番を頼みながらミョンに挨拶するよう急《せ》かす。義兄はボーっと立ったまま反応がない。

「お義兄さん、ゆっくり出来なくてすみません。次は家族訪問団として来ますから家に泊めて下さいね。お体に気をつけて。ミヒャンの写真をたくさん撮って送って下さいね」

義兄は、目に涙を浮かべていた。

「はい、すみません。僕は……本当に、心から反省してるんです。もっと総括します。本当に申し訳ないです、スミマセン。もっと反省します」

泣いて謝る義兄に手を握られたまま、ミョンは姉の顔を見る。

「あなた、落ち着いて！　謝らなくていいのよ。日本からミョンが来たの、わかる？ちょっと出掛けて来ますね。すぐ戻るから」

姉は義兄を部屋の椅子に座らせる。

部屋を出た後も義兄の様子が気になった。

待機していた車でほんの数分走ると、公園のような広場と遊歩道が見える。遊歩道の向こうが鴨緑江、向こう岸は中国だ。

車から降りた各々が腕時計を見る。

「今が二時十分。五十分後の三時には駅に向かいます」

チェ指導員の声に、全員が再び腕時計を見る。

「わかりました。遠くには行きません」

姉はおぶった赤ん坊を揺らしながらミョンの手をつかみ、遊歩道に向かって歩き始める。二人の監視人がついて行こうとするが、チェ指導員が止める。五十メートル先のベンチで話し合う姉妹を三人が見つめる。

目の前を鴨緑江が流れている。

地図でしか見たことがない、歴史の生き証人のような川だ。朝鮮史の授業では、時代によって変わる半島と中国のボーダーを示すシンボル的な存在だった。その昔から「鴨緑江を渡る」は、国を出る、大陸へ行く、を意味した。川面《かわも》は静かだが果てしなく深そうで、今にも大きな波をつくって溢れてきそうな迫力を秘めている。朝鮮側と中国側を結ぶ鉄橋も見える。国際列車が走る鉄橋の側には、車が走る橋もある。川向こうに見える国境の街は車の通行が多く、これから建設ラッシュが始まりそうな活気が窺える。中朝の共同区域とされている鴨緑江では、中国側からの遊覧船が運航されていた。乗客たちがこっちに向かって手を振っている。ミョンは、遊覧船の乗客たちと、こちら側から遊覧船を眺めている北朝鮮の人々を見比べた。

「あと四十五分。ミョンに、何からどう話したらええんやろう」

姉は慎重に言葉を選んでいる。

「お姉ちゃん、ピョンヤンに住んではる、ユン・チョリさんってわかる？　親しいクラスメイトの叔父さんになりはるねん。色々話してくれはったよ」

「え？　ユン・チョリさんに会ったん？」

ダンサーの叔父さんから聞いた事は事実だった。詳しい経緯を聞かされたミョンは、姉が置かれている現実の過酷さに心が破れそうだった。

「そんな悲しい顔せんと。ピョンヤン追放いうてもこうやって生きてるし」

前向きな言葉は本心なのか、自分を心配させまいとする空元気なのか。やつれた姉の笑顔が痛々しい。

「お義兄さん、なんか変わったっていうか。様子が変やったような」

「あの人、毎日朝から晩まで総括し過ぎて反省し過ぎて……殴られたりもしたから、精神的に病んでしもうて。西洋音楽を冒瀆《ぼうとく》しろって命令されて。楽団全員の前で、何よりも愛するクラシック音楽を侮辱し続けて自己批判して、いつの間にかおかしくなってしもうて。日本では鬱病《うつ》、っていうらしいね。ここの精神科は治療なんかないし。隔離病棟で益々……」

「それで今はクラシック音楽が解禁されたってこと？　そんなメチャクチャなはなし」

「他の西洋音楽はアカンけど、最近急にクラシックだけ許されるようになったんよ。なんでも鶴の一声やから」

「ＣＤたくさん持ってきたよ。アパートに置いてきた箱はＣＤプレーヤー」

「ほんまにありがとう。楽団の仲間が、やっとまともな精神科のお医者さん探してくれて。あの人に効く薬は音楽しかないって。それでレコードのリストをオモニに送ったの」

「検閲するからって税関でＣＤ十三枚も没収されたよ。ちゃんと戻ってくるかな」

「絶対に受け取るから！　色々ごめんな。ミョンのこと色々聞かせて。何でもええ、趣味とか将来の夢とか。何してる時が一番楽しい？　学部は自分で選んだん？　進路は？」

　ミョンは、時間がないので短く答えなければと頭をフル回転させる。

「入学式の日から、進路を組織に委託しろって言われて落ち込んでるねん」

「まだそんな事言うてるんかいな！」

「でも、自分の進路は自分で決める！」

ミヨンの決意表明に姉が笑顔で頷いた。

「恋人は？　好きな人いるの？」

妹の顔を覗き込む姉。肯定も否定もしない妹。

「勉強も恋愛も思いっきりするんやで！　ミヨンは私みたいになったらアカン。自分のために生きて欲しいの。私は何があっても夫をピョンヤンの楽団に戻してみせるから。父《アボジ》と母《オモニ》、叔父さんには迷惑かけるけど、あんたは心配せんでいい」

「お姉ちゃんがこんなに大変やのに。私、何も出来へんで情けない」

ミヨンの目からこぼれる涙を、姉は何度も手のひらで拭《ぬぐ》う。

「楽しいこと全部体験しいな。幸せになるのはあんたの義務やで」

「義務？」

ミヨンの手を握りながら話す姉は真剣な表情だ。

「アンタは私の分身やから。私の分も幸せになってくれな困るの！　組織や家族のためとかアホなこと言うたら私が許さへん。後悔せんように生きなさい。わかった？　朝鮮で生きるのもキツいけど、この国背負わされて日本で生きるのも大変やと思うわ」

姉がそこまで言うと、監視人たちが残り十分だと知らせにきた。

「そろそろ時間やな。こんなところまで来てくれて、出来すぎた妹やわ。ＣＤは絶対に受け取るから。大事に聴くね」

姉はミョンの肩を抱きしめ、姪っ子を抱いたミョンの耳元に口をあて、絞るような低い声で囁く。

「もう無理して来なくていい。時間とお金使うなら他の国に行きなさい。どこで暮らそうが、国籍変えようが、自由にしたらええ。広い世界で生きなさい！」

驚いたミョンは姉の顔を見る。笑っている姉の頬を涙がつたう。

「お姉ちゃん何言うてんの？　また会いに来るに決まってるやん」

「たまーにでいいから葉書でも送って。文章なんかいらん。元気です、って一言書いてくれれば充分や。ここの現実知ってしんどそうな妹見るより、会われへんでも幸せに暮らしてくれたほうが……」

「お姉ちゃん、そんなん言わんとって」

「いつか、盗聴も監視も無く話せる時が来たら……その時までお預けや。話いっぱい溜《た》めといてな！　さ、もう時間やで。行くよ」

姉は、ミョンが抱いていた娘をかかえながら、ベンチを立とうとする。

「待って！　一緒に聴きたくて、CD二枚だけ税関で闘って持って来てん。ピョンヤンのお姉ちゃんの家で一緒に聴くつもりやったけど、今、このCDウォークマンで、一緒に聴きたい！　少しだけ、いい？」

ミヨンは、急いでショルダーバッグからウォークマンとCDを取り出し、イヤホンの片方を姉に渡す。顔を近づけ、もう片方のイヤホンを自分の耳に入れる。スイッチを入れると、ショパンのピアノ曲が流れ始める。右手で姉の手を握り、左手で姪っ子の小さな手を掴む。

「CDの音って綺麗やなあ。ミヨン、ホンマにありがとう」

「家に置いてきたプレーヤーはもっと良い音やで。義兄さんとミヒャンとゆっくり聴いてな」

二人は片方ずつのイヤホンでショパンを聴きながら、涙に濡《ぬ》れた笑顔で見つめ合った。

「ミヨン、頑張りや。幸せになりや！」

姉の言葉とショパンの旋律が重なる。小さな姪っ子が笑っていた。

列車がシニジュ駅を発って暫くの時間が過ぎた。特別一等車両には数人の外国人乗客がいた。

ミヨンは、四人座席にひとり座り窓の外を眺めている。夕日を見ながらも、姉や義兄、姪っ子の顔を思い出し涙が溢れる。チェ指導員は、目が真っ赤に腫《は》れてしまったミヨンの側に、いつでも食べられるようにと弁当を置いた。少し離れた席に座ってくれたのがありがたい。

ピョンヤンに近づくほど日が暮れていき、少し肌寒くなってきた。小さな駅に停車しても、ミョンは窓を開けない。日没とともに外の景色が見えなくなり、列車は漆黒の闇に包まれて走る。真っ暗な空には、信じられないほどたくさんの星が輝いている。同じ星を姉も見ているだろうかと考える。魂を抜かれたように変わってしまった夫を支えながら子供を育て、人生を切りひらいて見せると語った姉の強さを思い出す。もう会いに来るなとまで言いながら妹の幸せを強く望んだ姉。本当に泣きたいのは自分ではなく姉のはずなのに、最後まで涙を拭《ふ》いてくれたのは姉だった。

すっかり泣き疲れたミョンは体温が下がっていくのを感じている。レースのテーブルクロスの上にあるガラス瓶の水をカップに入れて一口飲む。体中の細胞に水が染み渡る。少し朦朧《もうろう》としながら、垂直の固い木の座席に横になる。瞼《まぶた》が重い。

ピョンヤン駅に近づきながら列車が減速する。車輪とレールが摩擦しながら耳をつんざく金属音が鳴る。驚いて目を覚ますと、うずくまって眠っていたミョンに、チェ指導員がスーツの上着をかけてくれていた。

泣き疲れたせいか頭痛が酷《ひど》く、固い椅子に横たわっていたので首も背中も腰も痛い。

「疲れたでしょう。帰りは五時間半でしたから、少しだけ短かったんですよ。日本の列車はもっと楽ですか」

スーツ姿のチェ指導員は全く平気な様子だ。生まれ育った環境によって体力や筋力に差が出るのかも知れないとミヨンは思った。姉にお土産を渡して来たので帰りの荷物は殆どない。ショルダーバッグを肩に掛け、食べられなかった弁当を抱えて列車を降りる。

ピョンヤン駅構内の暗さに驚き目をこらした。弱い灯《あか》りに慣れながら前が見え始める。

「バッグを体の前でしっかり抱えて下さい。私の腕に摑まって、側を離れないように！」

チェ指導員に言われるまま、ミヨンはバッグと弁当をしっかり抱える。薄暗い駅構内に屯《たむろ》する人々の中を、慎重に歩く。

「今から乗る人たちですか？　夜行列車も多いんですか？」

歩きながらの質問にチェ指導員は答えてくれない。すれ違いながら、施しを求める人もいる。

「日本からのお客様だ、道を空けなさい」

物乞いたちは驚いたようにミヨンを見つめ、謝りながら急いで道を空ける。チェ指導員に引っ張られるように駅構内から出たミヨンの前に黒塗りの車が滑り込んでくる。

道端に座り込んでいた人たちが立ち上がり、車との距離を保ち、ミョンに視線を注ぐ。

「列車は基本的に明るい時間に走ります。ここにいる殆どは朝出発する列車を待つ人たちです。それより、シニジュで見聞きした内容は他の人に話さないで下さい。お姉さんのためにもそうした方がいい」

淡々と語ったチェ指導員は、ドアを開けてミョンを後部座席に乗せ、自分は助手席に座る。車が走り出すと、体を後ろに向けて一方的に話しはじめた。

「明日の夕方に他の訪問団員たちが白頭山から戻ります。それまではホテルでゆっくり休んで下さい。近くに外貨専門店などもありますが、外に出掛けたい時は私に声を掛けて下さい。例の待機室にいます。散歩を含め、付き添いなしで外出することは禁止です。朝食と昼食は食堂へ下りて来て下さい。ホテルにいるということを確認する意味もあるので、食事は欠席しないようにお願いします。質問はありますか」

ミョンは首を横に振る。前を向いたチェ指導員は、鞄の中からマールボロを一箱出して運転手に渡す。とても喜ぶ運転手に、お礼は後ろに座っている方に言うようにと笑う。男たちは前方両側の窓を開け、美味しそうにマールボロをふかす。ミョンは煙草の臭いが気になったが、窓を開ける気力もなかった。

ホテルの部屋に戻ると一気に疲れが吹き出した。ミョンは、ショルダーバッグをソファに投げ、弁当をテーブルの上に置く。ベッドに倒れ込む。背筋に悪寒が走るのを感じる。やっと一人になれた解放感と共に、深い孤独感に包まれる。何も考えたくないが、脳がフル回転しながら今日の出来事を再生する。鴨緑江の風景が浮かび、小さな駅で出会った母と子の顔を思い出す。頭が痛く耳鳴りがする。鎮痛剤を飲む前に胃に何かを入れようと起き上がり、弁当を広げる。

こんなに豪華な弁当を食べる人間がこの国に何人いるのだろうと考える。海苔巻きとおかずを口に運びながら、ピョンヤン駅の構内で朝の列車を待つ人々の事を考える。ふと、姉のアパートの入り口にあった「世界に羨むことなど無い！」というスローガンが浮かび、そのフレーズを何度も繰り返す歌のメロディが聞こえる。ニラと豚肉の炒め物を食べながら泣きそうになったが、体内の水分が足りないのか涙にならない。たった十日間の滞在で疲労困憊《こんぱい》している自分に、この国での姉の十三年間を理解するのは不可能だと痛感する。でもその一部を知ってしまった今の自分は、昨日までの自分とは違うと自覚する。

鎮痛剤を飲み、シャワーを済ませ、ベッドに入る。少し慣れ始めたホテルのシーツの匂いに、なぜか黒木裕の匂いを思い出す。無性に懐かしい。

会わなくなった後、一度だけ手紙が届いた。何度も電話ボックスに並んだが、勇気がなくて部屋に引き返した。彼を責め、自分を責めてしまいそうで怖かった。どこまで自分を曝《さら》け出せるのか、受けとめ合えるのか解らなかった……彼の部屋で飲んだカフェオレの味が恋しい。初めて結ばれたときのことを思い出しながら深い眠りについた。


部屋のドアを叩きながら自分の名前を呼ぶ声に目が覚める。体が少し熱い。

「はい、今行きます」

なんとか起き上がりドアを開ける。

「朝食に来なかったので心配になって来ました。やはり体調が良くないみたいですね。食事を運ばせます」

チェ指導員は、ホテルの医務室に常駐している看護師を連れてきていた。看護師はミヨンの血圧と熱を測り、食間に飲むようにと漢方薬をくれる。

「地方の家族訪問から帰って寝込む方が多いんです、気疲れもあるでしょう。後でまた、熱を測りに来ますね」

看護師の話が終わらないうちに、食堂で給仕をしている女性がお粥《かゆ》をのせたトレーを持って入ってくる。チェ指導員、看護師、給仕と、皆が心配してくれるのはありがたいが、心配させてしまったと思うミヨンは、どんどん疲れてくる。

「スミマセン。今日一日寝れば大丈夫ですから。あの、体温計をお借り出来ますか？

明日にでもお返ししますけど」

看護師は少し困った顔をする。

「体温計はこれ一つしかないのでお貸し出来ないんです。あとで私が測りにきます」

「ああ、わかりました。すみませんがお願いします」

余計なことを言ってしまったと反省する。

「お昼ご飯もお部屋までお持ちします」

食欲は無かったが、給仕の申し出を受け入れる。

皆が出て行った後、薬を飲んでベッドに倒れ込む。

目が覚めると、テーブルの上にあったお粥が、ご飯とおかずに替わっている。給仕の女性が昼食を持って入って来たのもわからないほど熟睡したようだ。熱も下がり体が楽になったので、シャワーを浴びて食事をとる。冷めてはいるがピビンバとスープが美味しい。

体調が戻ると、珈琲が飲みたくなった。服を着替えて一階のロビーを歩いていると「国際電話お繋ぎします」という案内がフロントデスクに出ている。大阪の実家に電話をしてみようかと料金を尋ねると、コレクトコールなので日本へは十分で五千円かかると言われる。

「国際電話ですから高額になるんです。交換手が間違いなくお繋ぎしますよ」

自信に溢れたショートヘアの女性スタッフは、ハキハキと答える。高い料金を払ったとしても、姉の近況を話せるはずもない。盗聴されながら当たり障りのない会話を母とするのもバカバカしい。それでも姉と会えたと一言伝えたほうがいいのだろうか。フロントデスクの前で考え込んでしまう。

「お客様、ファックスも送れますよ」

ショートヘアのスタッフは、歩合制の女性営業マンのように話しかける。

「ご家族？　もしや、愛人に掛ける電話かしら。この用紙に相手のお名前と番号をお書き下さい」

ショートヘアのスタッフの単刀直入な言い方が心地いい。政治や経済については紋切り型の表現で会話をする北朝鮮の人々は恋愛やセックスに関しては率直でおおらかだ。韓国では恋人のことを英語の「boy friend / girl friend」を訳した「男友達《ナムジャチング》・女友達《ヨジャチング》」というが、北朝鮮では「愛人《エイン》」という。普段の会話で「愛人いますか？」と人々が話すのが面白い。高校の時の訪問で知った時は驚いたが、ちょっと大人びた言い方がミヨンは気に入っている。

「愛人は、いません」

思わず真面目に答えてしまう。

「そうですか？　声を聞きたいと思うなら愛人じゃないですか」

照れながら笑うショートヘアのスタッフの言葉に刺激されてしまったらしい。申し込み用紙を暫く見つめたミヨンは、咄嗟《とっき》に黒木裕の名前と電話番号を書いて渡していた。

ショートヘアのスタッフが交換手に電話をかけ、書き込まれた番号を読み上げる。ピョンヤンの交換手と日本の交換手が話す声が受話器から漏れて聞こえる。

「そうですか、誰も出ませんか。わかりました、ご苦労様です」

ショートヘアのスタッフは交換手に礼を言うと、申し訳なさそうな顔で黒木裕の留守をミヨンに伝える。

「せっかく掛けたのに残念でしたね、またいらして下さい」

親身な笑顔を見ながら、彼女は今恋をしているのかもしれないとミヨンは思う。

「あの、両替をお願いします。日本円を兌換《だかん》券のウォンに替えて下さい」

外貨専門のカフェで温かい珈琲を飲みたかった。シニジュに行く前に両替した分は全て姉に渡していた。

フロントの前にあるカフェに入って珈琲とロールケーキを注文する。日本からの家族訪問団のメンバーが、家族と面会しているテーブルがいくつもある。東京の標準語だけではなく、関西弁や東北弁も聞こえ、それぞれのテーブルで再会を喜んだり、子供や孫の成長を見せたり、家庭内の込み入った事情について語りあったりしているようだ。自分もこういう形で姉と会うはずだったのに、と思う。いくつかのテーブルはまた様子が違う。スーツ姿の訪問者は在日、在米、在シンガポールなどの同胞で、貿易のためにピョンヤンを訪れているビジネスマンたちだ。日本人の貿易関係者もいると聞いたことがある。彼らと商談する北朝鮮の貿易マンたちは外貨稼ぎの象徴で、一般の男性たちに比べて羽振りがいい印象だ。外国人専用のホテルに出入りできるのも、仕事ゆえの彼らの特権だ。

姉家族の顔を思い出しながら手作りのケーキを食べる。姉は日本にいるとき、長崎カステラとミルクを一緒に食べるのが好きだった。姉はもうロールケーキを食べただろうか？　渡した二枚のCDをプレーヤーで聴いているだろうか？　バナナをご近所にお裾分けすると言っていたが、足りただろうか。

好きな人いるの？　と姉に聞かれた時、何も言えなかった。後悔しないように生きなさい、と言った、あの時の姉の言葉が、今、ミヨンの背中をポン！　と押した。

急《せ》かされたようにケーキを食べ珈琲を飲み、兌換券で会計を済ませてフロントに向かう。

「何度でも挑戦してみましょう」

快く引き受けてくれたショートヘアのスタッフは、交換手に伝えるため、大声で黒木裕の名前と電話番号を読み上げる。ホテルのロビーに懐かしい電話番号が響く。

「はい？　ご本人が電話を受けると確認出来たんですね？　じゃ、申請した方に替わります」

ショートヘアのスタッフは、笑顔で受話器をくれる。長いコードを奥から引っ張ってきて、電話機をミョンの前に置いてくれる。

「もしもし……裕？」

ミョンは、恐る恐る日本語で話す。

「お客様、こちら交換手です。私の声が聞こえますね？　ではお繋ぎします。お話し下さい」

北朝鮮訛りの交換手の声に恥ずかしさが爆発しそうになった瞬間、遠くから別の声がする。

「もしもし？　ミョン？　ミョンだよね。聞こえる？　僕の声聞こえる？」

「裕？　聞こえるよ。私の声よく聞こえる？　そう、今ピョンヤン……」

「本当にピョンヤンからなんだ……もう連絡貰えないと思ってた。一年以上経ったよね」

「手紙貰ったのに、ごめんなさい。大学の電話ボックスまで何度も行ったけど、勇気なくて。あ、これ、コレクトコールだから電話代高いし、裕が払うことに……ごめんね。でも声聞きたくて。今、ホテルのフロントで話してるの」

「そんなのいいよ。で、お姉さんに会えた？」

「会えた、けど。それが……会ったんだけど、色々あって。姉のこと覚えててくれたんだ、ありがとう」

ミヨンは言葉に詰まる。説明のしようがない。

「僕、明後日《あさって》、西ベルリンに発つんだ。ミヨンはいつも僕がパッキングしてる時に電話くれるね。二年前もそうだった。ラーメン屋で初めて会った数日後だったっけ」

「西ベルリン？　明後日？」

「ニューヨークの時のアドバイザーと東京で会ったんだ。作品の相談するつもりが、気がついたらミヨンの話ばっかしてた。社会も世界も知らない奴が表現なんて出来んのかって、鼻で笑われたよ。西ドイツでのプログラムに推薦状を書いてくれて。冷戦をしっかり見て来いって言われた」

「冷戦を、しっかり……。そうなんだ。裕は凄《すご》いね」

「ミヨンに感謝してるんだ。自分が何も知らないってことに気付けたっていうか……」

「それ、私のことだよ。何も解ってないから、今ここで凄く混乱してて」

「上手《うま》く言えないけど、あれから少しは勉強したんだ。電話ありがとう。なんか、やっと作品に取り組めそうだよ」

「……電話、受けてくれてありがとう。西ベルリン気をつけて」

「ありがとう。じゃ、切るね。さようなら」

裕のさようなら、を久しぶりに聞いた。

ショートヘアのスタッフは接客に忙しそうだ。ミョンが電話機を返そうとすると、彼女は満面の笑みで手を振ってくれた。彼女はどんな恋をしているんだろう、と想像した。


部屋に戻るとベッドに横たわった。目に焼き付いたシニジュの風景と、想像の中の西ベルリンの様子が交錯する。いずれも現実感がなく、映画のシーンのように思える。ふと壁や天井を見ると、心の中まで透視されているようで居《い》た堪《たま》れない。自由空間だと思っていた外国人専用ホテルもハリボテ刑務所だったということか。頭が重い。考えるのを止めて目を閉じた。


廊下からガヤガヤと声が聞こえる。白頭山観光から訪問団のメンバーが帰ってきたようだ。体を起こそうとした時にダンサーが部屋に入ってくる。

「ただいま！　ミョン、お姉さんに会えた？」

「うん。後でゆっくり話すね。叔父さんにもお礼を言って。本当にありがとう」

「わかった。今から全体集会だよ。何だか重要な発表があるみたい」

ミョンは、髪を整えて全体集会に向かった。


ホテルの二階にある宴会場には百二十人の学生が学部ごとに整列している。カンキセンがマイクを持って皆の前に立った。

「私たちは昨日、偉大なるキム・イルソン主席様が抗日遊撃闘争を繰り広げられ、また親愛なる指導者同志がお生まれになった革命の聖地・白頭山を訪問しました。私たちの祖国と組織に対する忠誠心に一点の曇もないことを確認出来たと信じます。そして、重大な発表があります。祖国訪問日程の最終日である明日、偉大なる主席様にお近くでお供し、大切な国家行事に参加するという名誉に与《あずか》ることが決まりました」

会場にどよめきが起こる。

「え？　会えるの？」

「接見、とは言わなかったし」

「全員？　選抜？　主席にってことだよね」

「国家行事って？」

学生たちは低い声で囁き合っている。ミョンとダンサーは顔を見合わせ半信半疑だ。

小姑《こじゅうと》は感激のあまり悲鳴を上げ、既に涙ぐんでいる。カンキセンが続ける。

「興奮しないで！　静かにして下さい！　明日着る団服のチェックを怠らないように。ボタンが外れていたり、汚れがあったりしてはいけません。上着の中に着るシャツは必ず洗濯したモノにして下さい。靴下や下着は言うまでもなく、もし新しいモノを持っていればそれにするように。全員が今夜入浴し、体を清潔に洗うこと。明日の行事は、ピョンヤン空港で行われます。出発は朝七時。十分前まではバスに乗って下さい。明日に予定されていた学校訪問などは中止になります。今日の夕飯後の一日総括では、私たちにこのような栄誉を与えて下さった偉大なる主席様と党に対する忠誠をしっかり誓いましょう。班長たちは残るように。以上です」


翌朝、訪問団を乗せた二台のバスがピョンヤン空港に向かう。まだ霧が残る朝の通勤時間だが、国家行事のために通行規制が敷かれたようだ。バスは、一台の車も通っていない道路を猛スピードで走る。沿道には歓迎行事に動員されたピョンヤン市民が花や国旗を持って決められた位置で待機している。まだ朝七時過ぎだ。いつから何の行事が始まるのか判らないまま、空港に向かうバスに揺られている。

空港に到着し、セキュリティチェックを通った後も待機時間が続く。

周囲から聞こえてくる話では、アフリカのある国の大統領が到着するにあたっての歓迎式典で、そこへキム・イルソン主席が出迎えに見えるかも知れないという。主席の公式行事参加は土壇場でのキャンセルも多く、ご本人が現れるまでどうなるか判らないのが通例らしい。空港内の殺風景な建物の中で整列したまま待機していたミヨンはお腹が空いてきた。こんなに待ち時間が長いと知っていれば、朝食のパンを包んで持って来たのにと後悔する。

「アフリカの、どの国？」

「知らない」

どこの国の大統領が来るのか誰も知らない。ダンサーがそっとキャンディをくれる。かれこれ一時間以上待ったあと、「全員整列！」と号令が掛かる。列を正した朝大生たちは、誘導されるままに空港ビルを出て、滑走路の方へ歩く。人民軍の楽団と歓迎舞踊を踊る芸術団がスタンバイしている。花束を持った子供たちも待機している。本当に主席は現れるのか、という質問は許されない雰囲気だ。皆が私語を慎み、直立不動で立っている。政府の要人も現れ、滑走路の向こうから近づいてきた飛行機が止まり、タラップが用意される。タラップからターミナルビルに入るまでの動線に赤い絨毯《じゅうたん》が敷かれた。アフリカのどこかの国の大統領が降りて来さえすれば歓迎式典はスグに始まりそうだ。主席がいらっしゃるのかどうかだけでもはっきりして欲しいと思いながらミヨンは立っている。

チューニングを終えたブラスバンドが演奏を始める。いつもの行進曲や歓迎曲が流れるが、飛行機のドアが開く気配はない。

「まさか、気合い入ったリハーサルじゃないよね」

「アフリカの大統領ホントに乗ってるのかな」

ミヨンとダンサーがひそひそ話しながら笑いを堪《こら》えていた。

そのとき、聞き覚えのある音楽が鳴り始める。「万歳《マンセー》！」の叫び声と共にお決まりのフレーズが大声で繰り返される。ブラスバンドで繰り返し演奏する曲は、北朝鮮の記録映画でよく観た、キム・イルソン主席が国家行事などに登場する時に必ず流れるものだ。本人が現れたという証《あかし》でもあり、朝鮮学校では、「主席様登場テーマソング」と呼ばれている。

前方に立っている朝大生の「マンセー！」が泣き声に聞こえる。ミヨンが、主席来た？　と訊く。ダンサーは、この曲が鳴るってことは間違いないはず、と小声で答える。

ブラスバンドの音量も大きくなり、周囲の歓声も激しくなる。

「偉大なる首領キム・イルソン主席、万歳ー！」

「朝鮮民主主義人民共和国、万歳ー！」と数人が叫ぶと、皆が「万歳ー！　万歳ー！　万歳ー！」と続く。

飛行機のドアが開き、アフリカのどこかの国の大統領が降りてくる。黒塗りの車から降りたキム・イルソン主席がタラップの方へ歩み寄る姿が見える。大統領と主席は握手を交わし抱擁する。市民の歓迎に応《こた》え満面の笑みで手を振りながら、主席と大統領がミョンたちの方へ歩いて来る。もはや式典参加者にとって大統領は視界に入らない。人々の視線がキム主席の一挙一動に集中している。同級生たちは、涙を流し鼻水をたれながら両手を挙げ「万歳！」を叫ぶ。小姑は号泣しながら万歳をし、踵《かかと》を上下させながら小刻みにジャンプする。

ミョンは泣かなかった。泣けなかった。「民族の太陽」と教えられた指導者を目の前に、周囲の興奮とは対照的に冷静だ。ブラスバンドの音も次第に聞こえなくなり、自分は感動の嵐の外に立っていると自覚する。

「これが本物のキム・イルソン……」

伝説のカリスマを目撃しているという事実よりも、集団心理に感染しない自分を発見した実感の方がスリリングだ。

この人はこの国をどう思っているのだろう？　この国の実情を知っているのか。部下たちはちゃんと報告するのだろうか。この国の現状にどれほど満足しているのだろうか。

目の前を通り過ぎた主席は車に乗り去っていく。いつの間にか同級生たちは、胸の前で握った拳《こぶし》を振りながら「金日成将軍の歌」を大合唱している。ミョンは、その歌声に包まれながら、棒で殴られ、蹴《け》られながら、窓から列車に乗り込んでいた人たちを思い出していた。車窓から林檎とキャンディを受け取って消えた栄養失調の母と子を思い出していた。あの光景を見たがために自分は万歳を言えないのだろうか。ここにいる同級生たちも、あの光景を見ていたら歌わないのだろうか。

車が見えなくなった。ブラスバンドの音が消え、万歳も消える。楽器を片付け、絨毯を片付け、朝大生たちはバスに乗り込む。早朝に通った道路脇の沿道には、紙吹雪がたくさん落ちている。さっきまで国旗と花を振りながら「万歳！」を叫んでいたであろう市民たちが、道に散った紙吹雪を掃除している。

毎日行われる一日総括だが、今夜は部屋のムードが違う。

誰よりも先に小姑が手を挙げ立ち上がる。

「私の人生で最も崇高な一日でした。組織と祖国のため、まだ何もお役に立ててない未熟な私にこんな栄誉が与えられるなんて」

唇を震わせ目頭をハンカチで押さえながら語る小姑は、組織に一生を捧《ささ》げるという模範的な言葉で締めくくったあと、天を仰ぐように顎《あご》を突き出しながら肩を揺らし深呼吸をした。ダンサーも温度差はあるものの、祖国訪問の感動を語った。ミョンの番だ。嘘は避けたいが、本音も言いにくい。

「訪問期間、色々な事を考えました。言葉で学んでいた漠然とした祖国が少し輪郭をもって見えて来ました。祖国とは組織とは何かを考え、進路選択に反映させたいです」

座ろうとした時に小姑が手を挙げる。

「今日、パク・ミョンさんは泣きませんでした。空港で主席様のお姿を前に、涙も見せずボーッと突っ立っていました。朝大生としてどういう神経なのか、抽象的な総括も納得できません」

沈黙が流れる。

主席に会って泣くか泣かないかが踏み絵なのか、と食い下がりたかったが言葉を呑み込んだ。

「皆が同じ反応をするって、気持ち悪いです」

誰に対して言ったのか自分でも判らないまま、ミョンは部屋を出た。

人のいない場所を探して、ホテルのエントランスにたどりつく。

「パク・ミョンさん、でしたよね」

ショートヘアのスタッフが、仕事を終えて帰るところだという。

「一人外出はダメですよ。特に夜は危ないです」

「そうですね、街灯も少なくて暗いし。ちょっと外の空気が吸いたくて」

ミョンの言葉に、彼女は驚きの表情だ。

「暗い、ですか？　ピョンヤンの夜は灯りが多くて明るいですよ」

「ああ、一昨日《おととい》の夜、シニジュからの列車に乗ったからわかります。確かに地方に比べると。東京は夜も昼みたいです、それも考えものだけど」

「へー、一度見てみたいな」

彼女は星空を見あげる。

「明日、日本に帰るんですね。どうかお元気で」

「お世話になりました」

「国際電話した愛人に、早く会いたいでしょ」

「もう会えないんです。外国へ行っちゃうらしくて」

ショートヘアのスタッフは訝《いぶか》しげにミョンを見る。

「彼、日本人なんです」

咄嗟に口にした言葉に自分で驚いた。彼女の反応が予測出来ず、少し緊張する。

「国際恋愛ですか、大胆ですね……私たちは出来ませんけど」

窘《たしな》められると思ったのに。彼女の穏やかな言葉が意外だった。北朝鮮で国際恋愛が禁止されていることは姉から聞いて知っていた。

「どうか体に気をつけて。また祖国へいらして下さいね」

彼女は笑顔で去って行った。

国際恋愛という仰々しい言い方に、彼女のしなやかな反応に、驚いた。厳しいルールと罰則がある私たちには有り得ないことだ、と彼女は柔らかい言葉で言ったのだ。そして自分の意見を言わなかった。この国で生きるためのしたたかさを垣間《かいま》みたような気がする。

明日、自分は選択の自由がある場所へ戻る。

自由が故のしんどさなら、挑む価値があると思った。

第四章　一九八七年、四年生の冬

「あんな収容所ダイガク、絶っ対辞めたんねん！　人生を組織に預けろって、ふざけんなっつーの！　人の人生なんやと思って。ねえ、博士、聞いてんの？　グレープフルーツサワーもう一杯！」

「はいはい、わかりました。辞めるったってあと二カ月で卒業ですから。まあ、よく四年もったもんです。あ、すみません、水を下さい。サワーはちょっと休憩で」

「飲むの！　ベロンベロンに酔っぱらって、正門のビーム浴びながら吐いたるねん！」

進路指導の憂さ晴らしをさせろというミヨンと博士が、居酒屋のテーブルで向き合っている。

「ねえ、もしかして博士も組織委託したん？」

「一応。理学部も教員になるケースが多いですが、僕は同胞企業に入ります。理系の会社を紹介してくれるなら組織委託します、って言ったら通りました」

「何それ、インチキやん。組織委託って、就職先を命令されて文句なく応じるってことでしょ」

「建前はね。先生たちも、組織委託させるノルマ、とかあるんですよ」

「知ったこっちゃないわ。私は忙しいの！　明日から芝居の稽古《けいこ》に参加するの。韓国から参加する役者さんもいはるんよ。在日と日本人と韓国人がごっちゃになって芝居を作るって凄《すご》いでしょ！　ねえ、凄いやんな！」

「もう走り始めましたか。進路指導要りませんね、乾杯しましょ」

博士はグレープフルーツサワーを二つ注文した。


ミヨンが新宿五丁目の雑居ビルにたどりつくと、入り口でペ・ヨンジュが煙草を吸っている。

「おー、ミヨンちゃん！　三年前の言葉が実現しちゃったね」

「勉強させていただきます！　使いっ走りですから、何でも言って下さい！」

ミヨンはペ・ヨンジュに頭を下げる。

「おキヨにも会えるよ、衣装担当になって張り切ってる。そうそう、演出の金さんと俺は朝高出身だから何とか喋《しゃべ》れるけど、他の皆が韓国からの役者とコミュニケーションできなくて困ってさ。通訳雇う予算もないし。今日からの立ち稽古、よろしくね」

「わかりました！　毎日来れるように頑張ります！」

ペ・ヨンジュに案内されて稽古場に入る。役者たちがストレッチをしながらウォーミングアップ中だ。

「今日からスタッフとして参加するパク・ミョンさんです。韓国語、というか朝鮮語が出来るので通訳としても活躍してくれると思います」

「よろしくお願い致します！　チャルプタットゥリムニダ！」

ペ・ヨンジュに紹介されたミョンは、二カ国語で皆に挨拶《あいさつ》をする。

「全員、集まって下さい」

演出家の金が、ソウルからの役者二人の間にミョンを座らせ同時通訳を頼む。

「こんにちは《アンニョンハセヨ》」

「ありがとう《カムサハムニダ》」

四十代くらいの男優と女優がミョンに声をかける。今まで聞いたことのない韓国語の響きに包まれたミョンは、一瞬にしてソウルの発音に魅了される。朝大の先生や学生が話す言葉とは全く別の、北朝鮮の訛りとも違う、柔らかで少し艶《なま》めかしいイントネーションだ。

「下手な朝鮮語ですが、通訳頑張ります！」

二人の役者が優しく笑う。その様子を確かめて演出家の金が話し始める。

「お疲れさまです。この芝居に韓国から参加している二人が政治的に困難な状況に置かれていることを知っておいてください。韓国政府から圧力がかかっています。

この企画に朝鮮学校出身者の起業家数人が協賛してくれました。また、出演者の中に東京の朝鮮新報社で働く人がいます。ただそれだけの理由で、言い方を変えるなら、朝鮮総聯関係者と芝居を作ろうとしているという理由で、北朝鮮のスパイ容疑がかけられているというのです。ナンセンスな話ですが、知っての通り現在の韓国は軍事政権下にあり……あれ？　ちょっとまった！　パク・ミョンさん、朝鮮語を話せるって事は、あなたも朝鮮学校出身ですか？」

皆の視線がミョンに集まり、同時通訳が中断される。

「私、朝鮮大学校四年です。二ヵ月後、この公演が始まる数日前に卒業予定です」

「そっか。ペ・ヨンジュの紹介だから、てっきり他の劇団の人かと。わかりました、参加してくれてありがとう」

演出家の金が、ミョンは朝鮮大学校生だと、ソウルからの二人に伝える。その一人、男優の白《ペク》が手を挙げ、立ち上がる。

「ご心配かけて申し訳ないです。今の韓国は軍事政権下にあるため、日本に比べて表現の自由が担保されていません。検閲はとても厳しく、投獄された仲間もいます。日本に来る前、朝鮮語を話す人間は北朝鮮の学校を出たスパイだから関わるなと言われました。でも私が出会った演出の金さんはスパイどころか、酒好きの芝居バカです。ここに集まった皆さんもそうだと思います。この芝居に参加していることに後悔はありません。偏狭な妄想者に邪魔されるなんて真っ平です。いい舞台を作りましょう」

ミョンが訳し終わると同時に、大きな拍手が起こる。続いてソウルから来た女優河《ハ》も立ち上がる。

「数年前、私の親友は、詩の内容が問題だと拷問を受けました。彼は獄中でも詩を書き続けました。いま、やっと彼の気持ちが解るような気がします。私は女優です。演じる事が仕事ですからそれを全うするだけです。私たちは国籍や言葉の違いを超えて、金さんの台本に魅了されて集まったチームです。韓国語と日本語と在日の言葉が飛び交うこのチームが大好きです。

もし、万が一……公演後、韓国に帰って逮捕されるような事があっても、私たちは後悔しないでしょう。ね、白さん！　さ、いい芝居をつくりましょう」

ミョンは、美しいソウル弁で語られる強靭《きょうじん》な信念を訳しながら目頭が熱くなる。韓国での言論弾圧については授業でも聞いていたが、怯《ひる》まずに表現を続ける当事者たちに会ったのは初めてだ。

「あの、私も一言申し上げます！」

感極まったミョンは黙っていられない。

「この企画について伺ったときから胸が高なりっぱなしで、お手伝いできる日を楽しみにしていました。日本で生まれ育ち、北と南のことは学校で教わることくらいしか知りません。芝居作りが逮捕の理由になるなんて、私なんかが政治的理由になるなんて、お二人のお言葉に衝撃をうけています。公演までの二ヵ月間、寮の門限破ってでも稽古場に通います！　掃除でも、お茶汲《く》みでも、通訳でもなんでもします！」

ミョンの言葉を演出家の金が訳す。ソウル組の二人がミョンの肩を抱き頬ずりまでしてくれる。ミョンは、半島人の大陸的なスキンシップに圧倒されながら、二人と固い握手を交わす。

「門限破りも加わったか。まさに問題児の集まりになったな、ははは」

演出の金が豪快に笑う。ミョンが訳すとソウル組の二人がさらに大きな声で笑った。

学部教員や学生委員会にたらい回しにされながら、紋切り型の進路指導を押し付けられる毎日。ミョンはこの日、学部長室に呼ばれた。

「三月だというのにまだ寒いね。そこへ座りなさい、まずはお茶を淹《い》れましょう」

在日一世の学部長は、韓国・慶尚道《キョンサンド》の木訥《ぼくとつ》とした方言で話す。

「何のために呼ばれたのか、判《わか》るね。決心はつきましたか？」

学部長はミョンに茶を勧めながら、ずずーっと音を立ててすする。

「気持ちは変わりません。演劇に関わる仕事をしたいと考えています」

「演劇かね。外の劇団に関わっているとの噂も耳にしましたが」

「アシスタントとして、通訳など裏方の手伝いをしています」

「通訳？」

「韓、いえ。南朝鮮から参加している俳優たちのために通訳を」

「南？　役者？　何を考えておるのかね！　組織の許可も得ず勝手に南朝鮮からの人間と接触するとは！」

「………」

「そこまで組織を無視するのなら、今ここで、君がどこに配置されるかを明かそうじゃないか！　配置任命式の日まで心の準備をしなさい、いいですね」

「何度も申し上げていますが、私は組織委託しません！」

「もう既に、大阪朝高の校長と君のお父様の間で合意されとるんだ。母校で仕事をしなさい」

「父に何の関係があるんですか？　ここまで嫌がる人間を無理矢理教員にするなんて。生徒たちが可哀想です」

「無理矢理とはなんですか！」

温厚で有名な学部長が声を荒らげた。

ミヨンは、不本意な罪悪感を撥《は》ねつけながら、理不尽な強要を押し返そうと必死だ。

「夢を抱いて目標に向かおうとする人が責められ、なんでも従いますという無責任な人が賞賛されるなんて納得出来ません。組織委託したい人はすればいいし、しない人がいてもいいじゃないですか」

「したい、したくないの問題じゃない！　自分に課せられた義務を自覚して正しく生きろと言ってるんです！」

「従順が、そんなに正しいんですか」

儒教的な教育を受けてきたミョンにとって、父と同世代の学部長に歯向かうのは計り知れないほどの勇気が必要だ。声が震え、涙がこぼれる。

「泣いてまで反発する理由がわからないね」

「泣いてなんかいません。疲れてる、だけです」

重い沈黙が流れる。

カーン！　カーン！　カーン！

部屋の壁に取り付けてあるヒーターが音を立てる。午後から夕方にかけて暖房装置が一日切れるという合図だ。四年間、冬が来る度、この音に一喜一憂しながら教室や寮で寒さに震えたことを思い出す。そんな大学生活もあと二週間で終わる。

「君が組織の決定に従わなければ、代わりに同級生の進路が急変する事になるんだよ。既に進路が決まり安心している同級生を巻き込むということだ。それでもかまわないのかね！」

言葉が出ない。今、脅された？と耳を疑う。

「結局は組織に従うことになるんだ。問題起こさずにキレイに卒業したらどうかね」

尊敬してきた学部長の顔が俗物に見える。

「先生は授業で、南朝鮮の作家たちの表現の自由を弾圧する軍事政権に対して怒ってらっしゃいました。表現者に対する抑圧は許せないとおっしゃいました。それに……」

「屁《へ》理屈は要らん！　行ってよろしい」

学部長に一礼して部屋を出る。

中庭に出ると、クラスメイトのルパンが歩いている。ダウンジャケットの中に着ているラガーシャツが相変わらずだ。

「おお、パク・ミヨン！　どえりゃー疲れた顔しとるのー。最近やつれて幽霊みたいだがや」

卒業を二週間後に控え気が緩んでいるのか、ルパンは堂々と日本語で話しかけてくる。

「お前、まだ意地張ってんだってな。そんなに深く考えんで、とりあえず上に従っとけって。一、二年働いたらどうせ嫁にいっちゃうんだし。何そんな深刻に考えとる」

ルパンはミヨンと肩を並べて歩き出す。

「お前の気持ちはよくわかるさ。俺もラグビー好きだし、もし日本の実業団にでも入れるとしたら、そりゃ俺だって必死に……」

「入るために努力したの？」

「はあ？　何言うとる！　俺ら朝鮮人はいくら頑張っても所詮《しょせん》は差別されるんやし」

「努力もせずに……。便利な言い訳やね」

「そうカリカリすんなって。マジ面倒起こすの好きやのう。お前のこと心配しとるのに」

「……わかるわけない」

「はあー？」

「私の気持ちがわかるって？　あんたなんかには、絶対わかんないよ！」

腹の底から絞り出すようなミョンの声に、ルパンは立ち尽くした。


卒業式は二日後に迫った。四年生全員に対する配置任命式が行われるこの日、大学内は朝から特別な雰囲気だ。卒業後の勤め先を言い渡される卒業生だけではなく、在学生も先輩たちの配置を気にかけ緊張している。

ミョンは、違和感を抱えながら文学部の配置任命式が行われる教室の前に並んだ。教室に入り任命を受け、その場で「与えられた『革命哨所《しょうしょ》』にて忠誠を尽くします！」と誓うように学部別のリハーサルは済んでいる。

まずは男子から始まる。三人ずつ教室に入り、暫《しばら》くして出て来る。早速皆に配置先を披露する者もいれば、シラケて何も言わずに去る者もいる。

そして女子。ミョンは、ダンサーと小姑《こじゅうと》と一緒に入る。長いテーブルには、学部長、担任、朝大委員会指導員、総聯中央本部担当者が座っている。オーディションでも受けるように並んだ三人が御辞儀をすると、総聯中央担当者が立ち上がる。まずは小姑が呼ばれた。

「ソン・ヘスク同志！　あなたを、東京朝鮮第五初中級学校国語教員として配置します」

「はい、与えられた革命哨所にて忠誠を尽くすことを誓います！」

「よろしい」

中央本部担当者は満足げだ。予想通りの配置に小姑はホッとしたような表情だった。

次はダンサーの番だ。

「シン・キョンジャ同志！　あなたを、朝鮮新報社に配置します」

「え？　は、はい。与えられた革命哨所にて忠誠を尽くします」

朝鮮学校の教員として配置されると思っていたダンサーは、朝鮮新報社という思いもよらない職場を充てがわれて驚く。ダンサーの動揺がミョンにも伝わる。

ミヨンは腹に力を入れた。

私の人生なんだから、と何度も自分に言い聞かせるたび、父と母、そして姉の顔が浮かんだ。

「パク・ミヨン同志！　あなたを、大阪朝鮮高級学校国語教員として配置します」

「………」

沈黙が流れる。ミヨンは床の一点を見つめたままだ。

「パク・ミヨン同志、聞こえませんでしたか？」

「聞こえました」

声が震えている。中央本部の幹部は少しいらついた表情で学部長を見る。小姑とダンサーはミヨンを見たが、直立不動の姿勢に戻り前を向く。

「もう一度言います。あなたを」

「あの、私は……」

「大きな声でハッキリと言いなさい！」

学部長が立ち上がり、感情的な指図をした。

「私は組織委託を拒否します。大阪朝鮮高校には行きません。卒業がどうなろうと私の気持ちは変わりません。失礼します」

ミヨンは、誰よりも先に部屋を出た。

電話ボックスの前には「就職先」を告げられた卒業生たちが並んでいる。

ミヨンは電話機にテレホンカードを差し込み、実家の番号を押した。

「どうなったん？　電話待ってたんよ」

母に、卒業式には参加せず明日にでも寮を出るつもりだと話す。三月末の芝居の公演までは稽古場に泊まり、その後は新しい劇団の創立に参加するとも伝える。

「オモニ、本当にごめん。でもこれ、相談やなくて報告やから。アボジやお姉ちゃんに迷惑かかるか心配やけど、もう全部決めたから」

帰る場所を失くすかも知れないという不安がよぎる。黙って母の言葉を待った。

「卒業式は大事な区切りやで。そこまで決心堅いんなら最後まで堂々としたらええんちゃうの。その芝居の公演が終わったら、アボジに会いに来て、自分の気持ちをちゃんと話しなさい。明日、新幹線で東京行くつもりやったけど、わかった。オモニは大阪で待ってるから」

最強の味方は母だった。堂々と！　と、ミヨンは何度も心の中で繰り返した。

卒業式会場である講堂の舞台中央にはキム・イルソン主席とキム・ジョンイル総書記の大きな肖像画、その脇には朝鮮民主主義人民共和国の国旗が掲げられている。客席中央のブロックには卒業生、それを囲むように在学生、そして日本全国から駆けつけた父兄たちが座っている。普段通りの学ラン制服を着た卒業生男子に交じって、卒業生女子は色とりどりのチョゴリを着て華やかだ。ミョンは迷った末、いつも通りの紺色の制服を着た。

「キム・イルソン将軍の歌」「キム・ジョンイル将軍の歌」の斉唱で式が始まり、演説や祝辞が続く。十六年間の民族教育を受けながらも、クリシェのような政治的フレーズに慣れない自分を再確認する。ミョンは、自分にとっての「卒業」の意味を考えている。

卒業生の名前が、各学部の男子から女子へと出席簿順に読み上げられる。文学部の番になった。パク・ミョン！　と呼ばれ、返事をして起立した。

「全員、座りなさい。では、全卒業生三百十八名を代表し、偉大なる主席と親愛なる指導者同志への忠誠の手紙を、代表が読み上げます」

政治経済学部のオオオトコが演壇に向かって歩く。ミョンの体中の細胞が何かを頑《かたく》なに拒絶し始める。鼓動が激しくなり、頭の中で大きなアラートが鳴り響く。

オオオトコが演壇に立ち、二つの肖像画に礼をする。赤いベルベットの布で覆われた原稿を広げ読み始める。

「私たち、三百十八名の卒業生たちは……」

「三百十七名にして下さい！　私、忠誠誓いませんから！」

立ち上がったミヨンが壇上のオオトコに向かって叫んだ。客席がざわつく中、驚いた金八とカンキセンがミヨンに駆け寄ってくる。

「神聖な卒業式に異議があるのですか」

スピーカーからのオオトコの声が講堂に響き渡る。重く冷たい沈黙。

「私は……組織にも祖国にも忠誠を誓いません。主席と指導者へ手紙を捧《ささ》げるのは、三百十七人です」

ミヨンの声が、驚愕《きょうがく》する人々の間を突き抜ける。

「なに考えてるんだ。黙って座れよ」

金八が小さな声で叱る。ミヨンは動かない。

「パク・ミヨンいい加減にしなさい！　許されると思ってるの！　座りなさい！」

客席の階段を走ってきたカンキセンが、激しく急《せ》き立てる。講堂全体がざわつき、立っているミヨンに視線が集中する。

ミヨンは、卒業生の印として胸に着けていたリボンフラワーを座席に置く。同列に座っている同級生の間を通り階段通路に出る。ミヨンから視線を外す者もいれば、呆《あき》れた顔で凝視する者もいる。ルパンが苦笑いを見せる。ダンサーはすれ違いながらミヨンの手を握る。

ミョンを通すまいとする姿勢でカンキセンが立っている。

「恥ずかしくないの！　許されない行動よ」

怒りと軽蔑を込めてミョンを睨《にら》むカンキセンは、握った右の拳《こぶし》を左手で押さえている。

「私も誇りを持って生きています。どいてください」

堂々と階段を上がる途中、文学部の教員たちに頭を下げる。

ドアを開けロビーに出る。背中の後ろ、閉まったドアの隙間から、「卒業生たちの忠誠の手紙」を読み始めるのが漏れ聞こえる。講堂を出て歩き出す頃には、ブラスバンドがいつもの歌を演奏し始めた。あの歌をうたうことは二度と無いだろう。心の中で「温室」に別れを告げる。卒業式は終わったのだ。

エピローグ

ミヨンは、劇場最後列に立って初日の舞台を見つめている。イヤホンによる日本語同時通訳のトラブルもなく、ラストシーンまで漕《こ》ぎ着けた。舞台の照明が落ちていく中、幾つもの民族の言葉で同時に囁《ささや》かれる童謡の歌詞が劇場に沁《し》み渡り、俳優たちの声が消えていく。

暗転。パチパチ……と数人の拍手。

観客の反応が摑《つか》めず、ミヨンの呼吸が止まりそうになる。

数秒後、小さな拍手が喝采《かっさい》に変わると、ブラボー！　の声に照明が灯《とも》り、軽快な音楽が流れる。笑顔の役者たちが軽やかな足取りで舞台中央に駆け寄り、観客の拍手に応《こた》える。主演俳優が客席から演出家を舞台上まで引き上げると、歓声がひときわ大きくなった。

舞台に向けてガッツポーズを送るミヨンの目に涙が滲《にじ》む。興奮で飛び跳ねたい心境だが、まだ仕事は終わっていない。ロビーに出たミヨンは、絶妙なパフォーマンスを成し遂げた同時通訳者たちへ感謝を伝えようと通訳ブースに向かった。

ロビーでは、新聞雑誌など各種メディアの文化欄担当者や演劇評論家たちが、感想を述べあっている。ミヨンは、社交辞令ではない好意的な評価が多いことを感じ取り、救われる思いだった。業界人たちに忙しく挨拶《あいさつ》をした後、ロビーを後に劇場を去る人々を見つめていると、初日成功の実感が体を包み始めた。

トントン、と肩を叩《たた》かれたので振り向くと、ダンサーが息子と一緒に立っていた。

「ミヨン、良かったよー。二時間あっという間で最後はなぜかポロポロ泣いちゃったー」

「来てくれてたんだ、ありがとう」

「新聞のインタビューも読んだよ、家族皆《みんな》で興奮しちゃって。ほんと、よくここまで頑張ったよね、新聞読んで興奮したわよ。公演終わったら家にご飯食べに来て！　なかなか会えないから積もる話も聞きたい。あ、これ長男。もう大学生よ。下はサッカーの練習で来れなかったの」

ダンサーは二人の息子を持つ母になっている。

「あの中学生だった坊や？　もう大学生なんだ……」

鼻から口元がダンサーにそっくりな青年の姿に、あたたかいものが込み上げてくる。

「大学生活、悔いのないようにね。周りの人に合わせたりしなくていいんだよ」

「はい！　僕、外大なんで、色んな国の言葉が飛び交う今日の芝居はすっごい刺激的でした！」

長身の大学生は真っ白な歯を見せて笑った。

「学生時代は問題児くらいが丁度いいの。ね、お母さん！」

ミヨンの言葉に大笑いするダンサーは、紙袋を差し出し、息子と一緒に劇場を出ていった。

「家ゴハンのお供にどうぞ。体に気をつけてね！」

紙袋の中のメモ書きの下には、プラスチック容器に分けた手作りの惣菜が入っていた。「きんぴら」「じゃこ炒《いた》め」「カボチャ煮」「チャプチェ」「青梗菜《チンゲンサイ》キムチ」と、可愛いシールが蓋《ふた》に貼ってある。親友の学生時代から変わらない気遣いが身に染みる。

紙袋を抱え、スタッフに声を掛けながら楽屋に向かおうとするミヨンは、人影に阻まれ立ち止まる。

「あ、すみません！」

「おめでとう。久しぶり！」

聞き覚えのある声だ。目の前に立つ人の顔を見上げる。

「ユ、ウ？」

ぎこちなく立っている黒木裕が頷《うなず》く。

「憶《おぼ》えててくれて幸いです」

ミヨンは呆然《ぼうぜん》と感動が混ざった表情で、照れながら微笑む黒木裕を見つめている。

「先月のアート誌に公演の記事があって、正直ちょっと迷ったんだけど、昨日、新聞のインタビュー読んでから落ち着かなくて、当日券並んだんだ。素晴らしかった。ミヨン、やったね！」

「立ち見だったの？　ごめんなさい。でもありがとう」

「いやあ、ベンチ椅子には座れたし。立って見てたのはミヨンじゃないか」

「え？　ああ……」

舞台を見守る自分を見られていたことが恥ずかしい。

「来てよかった……これ、小さいけど。本当におめでとう」

黒木裕が小さな花束を差し出す。ミヨンは、色とりどりのアネモネを見つめながら、ベルリンのギャラリーで黒木裕の作品を見つけた時の感動を思い出していた。三年前、演劇ワークショップにプロデューサーとして参加するためベルリンに滞在した時、偶然訪れたギャラリーでのグループ展に黒木裕の作品があった。オープニングパーティには作家本人もいたと聞き、自分も驚くほど残念な気持ちになったことが懐かしく蘇《よみがえ》る。

床も壁も真っ白な小さな部屋。天井の中央に、強烈な光を放つ複雑なデザインの照明が吊《つ》ってある抽象的な作品があった。暫《しばら》く眺めていると、その照明が様々なモノに見えたり思えたりして不思議だった。部屋に居合わせた大学生のカップルも、黙って照明を見つめたり目を閉じて光を浴びたりしていた。いつの間にか、ベルリンの壁の時代を知らない大学生たちと、黒木裕の作品について語り合っていた。

その後、フェイスブックで名前を探せたが、「友達申請」するのも滑稽《こっけい》に思え、忘れようとしていた。黒木裕が創作を続けていると判《わか》っただけで幸せだった。

「こうして会うの、何年ぶりかな。ピョンヤンから電話くれたよね」

「あの電話……急にごめんなさいね」

「いや、嬉《うれ》しかったよ」

言葉が見つからない。

話したいことが多すぎて、言い表せない想いがあふれてくる。二人は見つめ合い、微笑み合い、視線をはずしてはまた見つめ合った。

ミヨンを呼びに来たスタッフが、言葉もなく向き合っている二人の前に立ちつくしている。あのー、と声を掛けられたミヨンがようやくそれに気付く。

「ごめんなさい。私、楽屋に行かなきゃ」

「ああ、だよね。忙しいのに引き止めてごめん。僕はこれで」

「来てくれて、本当にありがとう。お花まで」

「じゃ……さようなら」

言い残したことがあるような様子で、黒木裕はロビーを出て行った。その背中をぼーっと見ていると、後悔、という二文字が浮かんだ。ミヨンはロビーを飛び出した。

「裕、待って！」

劇場を出て歩きはじめていた黒木裕が慌てて立ち止まる。ミヨンは紙袋とアネモネのブーケを抱えて彼に駆け寄った。

「えっと……」

「？……」

「今から会える？」

「え？」

「はは、変だね。今、こうして会ってるのに」

「たしかに。僕は、大丈夫だけど」

「いきなり、ごめん」

「初めてほんやら洞に行った日、ミヨン、電話で同じこと言ったね」

そだっけ、と誤魔化したが、ミヨンも思い出していた。下北沢の公衆電話が浮かぶ。

黒木裕が覚えていてくれたことに胸が熱くなる。

「あの、ちょっと待たせちゃうけど。今から楽屋行って……何分かかるかわかんないけど。裕が、もし……」

「待ってるよ。時間は気にしないで」

「ありがとう。じゃ、あそこに見えるコインパーキングのお向かいに赤い扉のバーがあるの。そこで」

「わかった。店で待ってるよ。ゆっくり仕事してきて下さい」

「ありがとう。じゃ、あとで」

なるべく急ぐから！　と、ミヨンは紙袋とアネモネを揺らしながら手を振った。劇場ロビーに入る手前で体の向きを変え、黒木裕に向かって叫んだ。

「裕！　その店、果物搾ったカクテルが美味《おい》しいよ！」

黒木裕がOKサインを送る。

楽屋口を出て、黒木裕が待つ店に向かう。

胸の奥には少しの緊張。期待も不安もなかった。

あの時よりは自分の言葉で話せる気がする。

今日は、ミヨンも破れたジーンズを穿《は》いていた。

解説

岸 政彦（社会学者、小説家）

演劇ファンのパク・ミヨンは、東京でのきらびやかな観劇漬けの生活に憧れて、朝鮮大学校に進学する。しかしそこは、一切の思想や行動の自由が許されない、抑圧的な空間だった。

物語は入学初日から始まるが、最初の一日だけですでに、全寮制の学校のなかの煩《はん》瑣《さ》な規則と高圧的な先輩や教員との人間関係に押しつぶされそうになる。そして朝大の近所の小さな本屋で雑誌『ぴあ』を買う。それはミヨンにとってはただの雑誌ではなく、外の世界の自由な空気を運んでくれる「窓」だ。

小さな本屋さんを見つけ、ミヨン最愛の雑誌「ぴあ」を買う。土日は外出できるし、平日だって理由を言えば外出は可能な筈。なんたって文学部、演劇や映画を観るのは仕事のようなものだ。

大阪朝校時代、学生鞄《かばん》には必ず「エルマガジン」を忍ばせていた。生徒会の活動が忙しい時も、観たい演劇と映画、美術館やギャラリーの展覧会情報に必ず赤ペンで印をつけた。道頓堀《ミナミ》と梅田《キタ》の名画座には毎週通い、大阪で観られる演劇は殆ど観たが物足りなかった。

このあたりの『ぴあ』や『エルマガジン』という雑誌の「社会的用法」は、私もほぼ同世代のものとして、わかりすぎるほどわかる。それは単なる情報誌ではなく、映画や音楽や演劇や文学などの文化情報が溢れるほど詰め込まれた、凝縮された都市そのものだった。それは、本は書店で、映画は映画館で、演劇は劇場で、絵は美術館でしか触れられなかった時代の「文化の地図」だった。本書で、ひとりの一八歳の女性から見た『ぴあ』的なものは、朝鮮大学校的なものとの対比のなかで、ひときわ光り輝いている。

数日後にミョンは、気の合った先輩から演劇に誘われる。劇場には、自由で、情熱的で、創造的な空気がある。ここでは、芸術という神のもとで、誰もが平等だ。日本人も朝鮮人も、男も女も。公演後に先輩が寮に帰ったあともひとり残って、打ち上げにまで参加し、門限に遅れてしまう。そしてミョンは、ひとりで味噌ラーメンを食べる。

朝大の前に一軒の小さなラーメン屋があって、そこは朝大の女子学生は入ってはいけない場所になっている。在日であるということと、女性であるということの、ふたつの抑圧がここにある。ミョンは、門限を破り、女子は入ってはいけないという暗黙の掟も破り、ひとりで堂々とラーメンと餃子を味わう。そしてそこである男性と知り合いになる。ここでは味噌ラーメンはミョンの自由と尊厳と愛だ。

　店主の言葉に笑顔で頷いていると、男の視線を感じた。小さく会釈をすると、男も頭を下げた。二人は同時にスープをすする。

「うちは朝鮮大の学生さんがよく来るからさ、皆キムチのたべっぷりがいいんだよね。お嬢さん、うち初めてだね」

　頷きながらラーメンを食べるミョンの器に、主人がチャーシューを一枚のせる。

「はい、おまけ！」

　思いがけないサービスに門限破りの不安が和らぐ。狭い店に二人が麵をすする音が響く。

　本書における食べものの描写は、とても印象的だ。ここでは林檎やバナナやキムチや弁当は、ただ単に食べるものであるよりも、身体的な肯定感そのものである。食べの欲望を満たすこと、味覚の快楽を味わうことの限りない肯定が、本書を通じて描かれている。本書に登場するラーメンや餃子、あるいは行きつけのショットバーでマスターがふるまうフルーツを使ったカクテルは、端的に「うまそう」である。そして、それらの「うまさ」には、意味がある。たとえば何度も登場するキムチは、さまざまな場所で、さまざまな人びとによって作られ、食べられている。「美味しくないキムチ」も出てくるのだが、それはそうなる必然性がある。ここでキムチは、さまざまな意味を担った、物語の語り手だ。

そしてミョンは、物語後半で「共和国」を訪れ、「美味しくないキムチ」を食べ、幼いころに生き別れた姉と再会する。そこでミョンは、姉から「あること」を託される。

『朝鮮大学校物語』は、ミョンという女性が、在日であることを引き受け、演劇という表現の回路を通じて自己を構築していく物語である。在日であり、女性である自分が、改めて自分自身になる、ということは、そうした諸々のカテゴリーから距離を取ることではない。あるカテゴリーに入っている自分もまた自分だからだ。在日であること、女性であることは、どういうことだろうか。本当の意味で自分になる、在日である、ということは、国籍や性別を「抹消する」ということではないのだ。

だからこそここで、日本社会の差別性として、ふたつのことが描かれなければならなかった。ひとつは朝大の前にやってきた街宣車がまきちらすヘイトスピーチのような、直接的な暴力である（これは二〇一三年の「鶴橋大虐殺」事件がモデルだろうか）。そしてもうひとつは、「君が何国人でもかまわない」という言い方のような、一見するとソフトな、良心的な排除だ。

ミヨンは笑顔を返せない。じわじわと喉が渇き、心がざわざわする。

「僕、ミヨンが在日だとか朝鮮人だとか、そういうこと気にしてないから」

聞きたくなかった言葉が優しく投げつけられる。大した怪我ではないが、棘は刺さった。

直接的な暴力と同じぐらいミヨンを傷つけるのが、この良心的な、あるいは愛情にあふれた排除である。抑圧的で閉鎖的な在日社会や朝鮮大学校、暴力的で差別的な日本社会の中で、ミヨンが必死に守ろうとしたもっとも個人的な領域においてさえ、この排除が生まれてしまう。友情や理解の名の下で民族や性別というカテゴリーが台無しにされてしまうとき、かろうじて回復しかかっていた「私」が消えてしまうのだ。

本書は、演劇やアートを通じて自由を獲得し、他者とつながる物語である。アートや文学や学問は、とても社会的で公共的なものでありながら、個人の生活史のなかで、きわめて重要な役割を果たす。それによって私たちは癒され、自由になり、孤独から脱することができるのだ。ミョンもまた、消えかかっていた自分を、そうやって取り戻していく。

しかし本書を読んで、私は同時に、ミョンのクラスメートたちは、卒業後どのようにして生きるのだろう、とも思った。本書のミョンは幸運にも、表現の世界で自己を取り戻すことができた。しかし、在日の共同体のなかで、家父長制的なしがらみに縛られて生きている人びとはたくさんいる。そういう人びとにも、苦しみがあり、あるいはまた、幸せがあるだろう。

だがそれは、いつか別のとき、別の場所で描かれるべき物語である。それを楽しみにしながら、いまはただ、著者が明快に描いてくれた朝鮮大学校の青春の、素晴らしい物語世界のなかに、浸っていたいと思う。

文学であると研究であるとにかかわらず、書くということは、すべて過去の自分に対する落とし前だと思う。映画やドキュメンタリーや文学で、ヤンヨンヒは、自分自身で摑みとってきた自己をさらけだして、「書かれなければならないこと」を書いた。そして、この世界で、書かれなければならないのにいまだ書かれていないことは、ほんとうに多い。ヤンヨンヒは間違いなく、まだ書かれていないことを、とりつかれたように書いていくだろう。書かれるべきことは多いが、書くべきことを持っている書き手は、実はそれほど多くはない。それはとてつもなく孤独で、長く辛い道かもしれないが、私はひとりの読者として、あるいはひとりの日本人の男性として、その後ろ姿を追っていきたいと思う。

本書は二〇一八年三月に小社より刊行された単行本を文庫化したものです。「新潮」（二〇一八年七月号）掲載の岸政彦「自由への味噌ラーメン」を、加筆・修正のうえ文庫解説として収録しました。

朝鮮《ちょうせん》大学《だいがっ》校《こう》物語《ものがたり》

ヤン ヨンヒ

令和4年 6月25日 初版発行

発行者●堀内大示

発行●株式会社KADOKAWA
〒102-8177 東京都千代田区富士見2-13-3
電話 0570-002-301(ナビダイヤル)

角川文庫 23218

印刷所●株式会社暁印刷
製本所●本間製本株式会社

表紙画●和田三造

●お問い合わせ
https://www.kadokawa.co.jp/ (「お問い合わせ」へお進みください)
※内容によっては、お答えできない場合があります。
※サポートは日本国内のみとさせていただきます。
※Japanese text only

ISBN 978-4-04-112677-6 C0193

◇◇◇